²⁴⁴ (TG)
⁶/¹⁵

Bianca

El príncipe indomable
Annie West

Editado por HARLEQUIN IBÉRICA, S.A.
Núñez de Balboa, 56
28001 Madrid

I.S.B.N.: 978-84-9000-414-2
Depósito legal: B-23624-2011
Editor responsable: Luis Pugni
Preimpresión y fotomecánica: M.T. Color & Diseño, S.L.
C/ Colquide, 6 portal 2 - 3º H. 28230 Las Rozas (Madrid)
Impresión en Black print CPI (Barcelona)
Fecha impresion para Argentina: 30.1.12
Distribuidor exclusivo para España: LOGISTA
Distribuidor para México: CODIPLYRSA
Distribuidores para Argentina: interior, BERTRAN, S.A.C. Vélez
Sársfield, 1950. Cap. Fed./ Buenos Aires y Gran Buenos Aires,
VACCARO SÁNCHEZ y Cía, S.A.
Distribuidor para Chile: DISTRIBUIDORA ALFA, S.A.

Capítulo 1

SU ALTEZA no tardará en llegar. Por favor, permanezca en esta habitación y no deambule por ahí. En esta parte del castillo las medidas de seguridad son muy estrictas.

El asesor del príncipe habló a Tamsin en tono cortante y la miró con severidad. Después de traspasar por fin las barreras del protocolo real, ya estaba allí.

Era como si, después de semanas trabajando en los archivos reales de Ruvingia y viviendo en su habitación, al otro lado de los jardines del castillo, la superase estar tan cerca del príncipe en persona. No lo había visto nunca, ya que jamás se había dignado a atravesar el jardín para acercarse a los archivos.

Tamsin contuvo un suspiro de impaciencia.

¿Parecería el tipo de mujer a la que le supera la pompa y la riqueza? ¿O que se deja impresionar por un hombre cuya reputación de mujeriego y aventurero era comparable a la de sus infames ancestros?

Tamsin tenía cosas más importantes en las que pensar. En el fondo estaba emocionada, y eso no tenía nada que ver con el hecho de ir a conocer al príncipe.

Era su oportunidad para hacerse una nueva reputación. Después de la brutal traición de Patrick, por fin podría demostrar lo que valía, tanto a sus colegas, como a sí misma. Había perdido mucha confianza después de que Patrick la hubiese utilizado. Le había hecho daño profesionalmente, pero, aún peor, le había hecho sufrir tanto, que Tamsin sólo había deseado esconderse y lamerse las heridas.

Jamás volvería a confiar.

Algunas de las heridas jamás se curarían, pero al menos iba a poder empezar de cero. Aquella oportunidad era única y estaba decidida a aceptar el reto.

Durante los diez últimos días, el príncipe Alaric había estado demasiado ocupado para recibirla. Era evidente que, como experta en libros antiguos, no era una de sus prioridades.

La idea la enfadó. Estaba cansada de que la utilizasen, la despreciasen y la mirasen por encima del hombro.

¿Querría el príncipe engatusarla y por eso había decidido recibirla tan tarde? Tamsin puso la espalda recta, se agarró las manos sobre el regazo y cruzó las piernas por los tobillos debajo del impresionante sillón.

–No saldré de aquí, por supuesto. Esperaré a que Su Alteza llegue.

El asesor la miró con reservas, como si fuese a aprovechar para echar un vistazo al salón de baile que estaba al lado, o para robar la plata.

Impaciente, Tamsin metió la mano en su maletín y sacó un montón de papeles. Sonrió al asesor de manera superficial y se puso a leer.

–Muy bien –la interrumpió éste, haciendo que levantase la mirada–. Es posible que el príncipe... se retrase. Si necesita algo, toque el timbre.

Le señaló un interruptor que había en la pared.

–Pueden traerle algún refresco si lo desea.

–Gracias –respondió Tamsin, viendo cómo se marchaba el hombre.

Luego se preguntó si era normal que el príncipe se retrasase. Y si estaría seduciendo a alguna belleza en el baile. Se rumoreaba que era un playboy por excelencia. Debía de preferir conquistar a mujeres que reunirse con una conservadora de libros.

Tamsin intentó hacer caso omiso de su indignación.

Clavó la mirada en las estanterías que llegaban hasta el techo y sintió interés. Libros antiguos. Aspiró el familiar olor a papel viejo y a cuero.

Si el príncipe iba a retrasarse...

Sin pensárselo dos veces, se acercó a la librería más cercana. No podía esperar encontrar nada tan emocionante como lo que tenía en los archivos, pero no iba a quedarse sentada leyendo unos documentos que ya se sabía de memoria.

Seguro que su anfitrión tardaba horas en presentarse.

–Tendrás que perdonarme, Katarina, pero tengo negocios que atender –dijo Alaric, soltándose de la condesa, que lo agarraba con fuerza.

–¿Tan tarde? Seguro que hay mejores maneras de pasar la noche –le respondió ésta con ojos brillantes, con deseo.

A Alaric siempre le había resultado sencillo encontrar amantes, pero estaba cansado de que lo persiguiesen mujeres como aquélla.

Las normas de Alaric eran sencillas. Para empezar, no quería compromisos. Jamás. La intimidad emocional, o lo que otros llamaban amor, era un espejismo, peligroso y falso. Para continuar, era él quien las perseguía.

Katarina, a pesar de desearlo sexualmente, era otra de las que estaban decididas a casarse. Quería el prestigio real, la riqueza. Y él tenía en esos momentos otras preocupaciones.

–Por desgracia, tengo una reunión a la que no puedo faltar –añadió, mirando hacia el camarero que había en la puerta–. Tu coche ya está en la puerta.

Se llevó la mano de Katarina a los labios, pero casi ni la rozó, y luego la acompañó a la puerta.

–Te llamaré –susurró ella con voz melosa.

Alaric sonrió, seguro de que jamás le pasarían la llamada.

Cinco minutos más tarde, después de que los últimos invitados se hubiesen marchado, dio las buenas noches a los camareros y atravesó el pasillo, volviendo a recordar la reciente conversación que había tenido con Raul.

Si cualquier otra persona le hubiese pedido que se quedase allí en invierno, Alaric no le habría hecho caso. La necesidad de salir y hacer algo, de mantenerse ocupado, era como una ola turbulenta que crecía en su interior. La idea de pasar seis meses más en su principado de los Alpes le daba náuseas.

Tal vez fuese su casa, pero se sentía atrapado en ella. Coartado.

Sólo la acción constante y la diversión evitaban que sucumbiese. Lo mantenían cuerdo.

Se pasó la mano por el pelo y se apartó la capa de un hombro. Eso también tenía que agradecérselo a su primo y futuro monarca, el tener que pasarse la noche vestido con un anticuado uniforme diseñado dos siglos antes.

No obstante, le había dado su palabra e iba a ayudarlo.

Después de décadas de paz, la reciente muerte del viejo rey, el padre de Raul, había hecho que volviese a haber conflictos. El principado de Alaric, Ruvingia, era estable, pero en el resto del territorio se habían reanudado las tensiones que habían llevado casi a una guerra civil una generación antes. Con un poco de cuidado, podrían evitar el peligro, pero no debían arriesgarse.

Raul y él tenían que asegurar la estabilidad. En su nación de Maritz, de tradición monárquica, eso significaba que debían presentar un frente unido ante la coronación de su primo y la reapertura del parlamento.

Así que allí estaba él, cortando cintas y ofreciendo bailes.

Cambió de pasillo, deseoso de entrar en acción, pero aquello no era tan sencillo como dirigir un pelotón para desarmar a los combatientes. No había violencia. Todavía.

A Alaric se le hizo un nudo en el estómago al pensar en viejos fantasmas, al recordar que las tragedias ocurrían de repente.

Apartó aquello de su mente y se miró el reloj. Llegaba muy tarde a su última obligación del día. En cuanto terminase con ella, se escaparía un par de horas. Se iría en su Aston Martin hacia las montañas y lo pondría a prueba en las curvas cerradas.

Apretó el paso, capaz de sentir ya la libertad, aunque sólo fuese temporal.

Volvió a girar en el viejo pasadizo y llegó a la puerta de la biblioteca. Redujo el paso al notar un escalofrío.

Aquél jamás sería su despacho, por mucho que lo desease el personal del castillo. Había sido el de su padre y el de su hermano. Él prefería la movilidad que le daba un ordenador portátil. Prefería que no le recordasen que estaba ocupando el lugar de otros hombres muertos.

De demasiados hombres muertos.

Le vinieron a la mente varias imágenes fragmentadas. Vio a Felix, su capaz e inteligente hermano mayor, que debía haber estado allí en vez de él.

Que había muerto por él.

Se sintió culpable y notó un dolor agudo en el pecho y en la garganta con cada respiración.

Era inevitable. Era su castigo. La cruz que debería llevar durante el resto de sus días.

Se obligó a respirar más despacio y a seguir andando.

La habitación estaba vacía. En la chimenea ardían varios troncos y las lámparas estaban encendidas, pero no había ninguna experta esperándolo para hablarle del estado de los archivos. Si la cuestión hubiese sido tan urgente, lo habría esperado.

Tanto mejor. Podría estar en la carretera en diez minutos.

Estaba dándose la vuelta para marcharse cuando un montón de papeles llamó su atención. Vio un maletín usado en el suelo y se puso alerta.

Entonces oyó un ruido casi imperceptible encima de su cabeza. El instinto hizo que llevase la mano a la espada para enfrentarse al intruso.

Se quedó varios segundos mirándolo fijamente, y bajó la mano.

La habitación había sido invadida... por algo parecido a un hongo.

En lo alto de la escalera que había pegada a las estanterías había una mancha marrón oscura y gris. Un jersey largo y amplio y una voluminosa falda. Era una mujer, aunque su ropa le hubiese hecho pensar en un hongo.

Vio una melena brillante y morena, y unas gafas por encima de un libro enorme, que tapaba el rostro de la mujer que lo sujetaba con las manos enguantadas. Y por debajo... una pierna desnuda hasta la rodilla.

Una pierna muy sexy.

Alaric se acercó y dejó de pensar en cosas tristes.

Era una piel pálida como la luz de la luna, una pantorrilla bien torneada, un tobillo delgado y un bonito pie descalzo.

Era una vista demasiado tentadora para un hombre tan nervioso y necesitado de distracción.

Se acercó a la base de la escalera y tomó un zapato que había en el suelo. Plano, de color marrón, estrecho y limpio. Demasiado aburrido.

Arqueó las cejas. Aquellas piernas se merecían algo mejor, suponiendo que la pierna que estaba escondida debajo de la falda fuese como la que había a la vista. Exigían unos tacones de aguja.

Alaric sacudió la cabeza. Estaba seguro de que la dueña de aquel zapato se quedaría horrorizada si viese los extravagantes zapatos que se ponían algunas mujeres para seducir a un hombre.

Sintió deseo al ver que se movía la pierna y se arqueaba el pie. Y se sintió de buen humor por primera vez en varias semanas.

–¿Cenicienta, supongo?

La voz era profunda y melodiosa, y sacó a Tamsin de su ensoñación. Bajó el libro que tenía entre las manos para mirar por encima.

Se quedó inmóvil, con los ojos muy abiertos, al ver al hombre que había mirándola.

Él sí que parecía salido de un sueño.

No podía ser real. Ningún hombre de carne y hueso podía ser así, tan maravilloso.

Aturdida por la sorpresa, sacudió la cabeza con incredulidad. Era el Príncipe Azul de uniforme, con su zapato en una mano. Un príncipe más grande y duro de lo que jamás habría imaginado, con las cejas oscuras y el rostro bronceado, más sexy, magnético y carismático que guapo.

Como su hermano mayor, que había sido un hombre mucho más experimentado e infinitamente más peligroso.

Sus ojos brillantes y oscuros la traspasaron.

Y ella tuvo la sensación de que, por primera vez en su vida, un hombre la estaba mirando y la estaba viendo de verdad. No veía su reputación ni que no encajaba en aquel ambiente, sólo la veía a ella, a Tamsin Connors, la mujer impulsiva a la que tanto había intentado ella contener.

Se sintió vulnerable, y emocionada al mismo tiempo.

Lo vio sonreír y que le salía un surco en la mejilla.

Sorprendida, notó un cosquilleo en el estómago y le dio la sensación de que le ardía la sangre. Le costó respirar...

El libro que tenía en las manos se cerró de golpe y ella se sobresaltó. El resto de libros que tenía en el regazo se le resbalaron e intentó agarrarlos.

Horrorizada, vio cómo se le escapaba uno y se inclinó.

—¡No se mueva! —le ordenó Alaric, alargando la mano para tomar el libro.

Aliviada y aturdida, Tamsin cerró los ojos. Jamás se lo habría perdonado si el libro se hubiese estropeado.

Volvió a abrir los ojos y lo vio dejando el libro encima del escritorio. La túnica se le ceñía a los anchos hombros.

Aquella formidable figura no era el resultado de un traje hecho a medida.

Tamsin tragó saliva y bajó la vista a sus fuertes muslos, envueltos en unos pantalones oscuros. La raya roja que llevaban a los lados marcaba la fuerza de aquellas piernas.

No era un falso soldado. Sus hombros rectos y la

fuerza contenida de sus movimientos le indicaron que era de verdad.

Él se giró de repente, como si hubiese notado que lo estaba estudiando. La miró e hizo que se estremeciese.

Tamsin estaba acostumbrada a trabajar con hombres, pero nunca había conocido a uno tan masculino. Era como si irradiase testosterona. Se le aceleró el corazón.

—Ahora, baje con cuidado —le dijo.

Y ella se preguntó si no había una nota de humor en sus ojos.

—Estoy bien —le contestó, aferrándose a los libros—. Los dejaré en su sitio y...

—No —la contradijo Alaric—. Yo los sujetaré.

—Le prometo que no suelo ser tan torpe —le aseguró Tamsin, sentándose más recta y reprendiéndose por no haber bajado de la escalera para examinar los libros.

Solía ser metódica, lógica y cuidadosa.

—En cualquier caso, no merece la pena correr el riesgo —le dijo él—. Lo primero, la ayudaré con los libros.

Tamsin se mordió el labio. Era normal que el príncipe actuase así. Había estado a punto de estropear un libro único. ¿Qué clase de experto corría semejantes riesgos? Lo que había hecho era imperdonable.

—Lo siento...

Dejó de hablar al verlo subir la escalera. Un momento después notó su aliento caliente en el tobillo y se estremeció de placer.

Lo miró a los ojos y sintió deseo.

Era un hombre increíble incluso en la distancia. De cerca, desde donde podía ver mejor el brillo de sus ojos azules y la sensual curva de su boca, hizo que se le cortase la respiración. Las arrugas que había alrededor de sus labios y sus ojos hablaban de experiencia y acentuaban todavía más su atractivo.

–Permítame –le dijo él, tomando el libro que tenía en el regazo.

Y luego bajó las escaleras con soltura y agilidad.

Ella respiró hondo e intentó recuperar la compostura. Jamás se había dejado distraer por un hombre.

–Éste también –le dijo él, que había vuelto a subir, intentando quitarle el libro que tenía entre los brazos.

–No pasa nada, ya puedo yo –le respondió Tamsin, utilizándolo de barrera entre ambos.

–No queremos arriesgarnos a tener otro accidente, ¿verdad, Cenicienta?

–No soy... –empezó ella.

Vio que el príncipe la miraba divertido y eso la enfadó. Patrick también se había burlado de ella. Siempre había sido una inadaptada, siempre se habían reído de ella. Había aprendido a hacer como si no se diese cuenta, pero le dolía.

No obstante, era culpa suya. Ella se había puesto en aquella situación tan ridícula, por no haberlo esperado sentada en el sillón. Ya jamás la tomaría en serio.

¿Acababa de estropear su única oportunidad?

Intentó hacer acopio de dignidad y le dio el libro.

Unos dedos callosos rozaron los suyos a través de los finos guantes que se había puesto para proteger los libros. Una corriente eléctrica le recorrió el brazo, llegándole hasta el pecho. Tamsin quitó las manos y se mordió la mejilla por dentro mientras apartaba la mirada de la de él.

El príncipe se quedó inmóvil, pero ella notó su mirada y se le aceleró el pulso.

Se dijo a sí misma que estaba acostumbrada a provocar curiosidad, e hizo caso omiso de su corazón, que casi se le salía del pecho.

Un instante después él había bajado de la escalera y por fin pudo suspirar aliviada.

Era el momento de bajar y enfrentarse a la realidad. Sacó la pierna en la que había estado sentada y notó pinchazos, prueba de que había estado allí más tiempo del que había pensado. Se alisó la falda arrugada y se agarró con fuerza a la escalera.

Iba a darse la vuelta cuando él volvió a aparecer, haciendo imposible que se moviese.

–Necesito espacio para girarme –le dijo con voz temblorosa.

Pero en vez de bajar, el príncipe subió más y la rodeó con sus anchos hombros y sus poderosos brazos.

No la tocó, pero a Tamsin casi se le paró el corazón al sentirse abrazada por él. La fuerza de su presencia la envolvió. Se sintió pequeña, vulnerable y tensa.

Le costó respirar e intentó pegarse más a la estantería para alejarse de él.

–Ten cuidado –le advirtió el príncipe en voz baja, sujetándola.

–Puedo bajar sola –replicó ella.

–Por supuesto que sí.

Y Tamsin no pudo evitar clavar la vista en su boca perfecta, que en un rostro menos duro habría parecido casi femenina, pero en el suyo era sensual y peligrosamente tentadora.

Lo mismo que sus ojos que tenía posados en ella.

Tamsin tragó saliva y notó que se ruborizada. ¿Podría el príncipe leer sus pensamientos? Debía de estar acostumbrado a que las mujeres lo observasen. Y sólo de pensarlo, ella se sintió todavía más avergonzada.

—Pero hay accidentes y no me gustaría que se cayese.

—No me caeré –le aseguró Tamsin casi sin aliento.

Él se encogió de hombros.

—Eso esperamos, pero no vamos a arriesgarnos. Piense en lo que tendría que darle el seguro si se hiciese daño.

—No...

—Por supuesto que no nos denunciaría –la interrumpió él subiendo más–, pero tal vez lo hiciese su jefe si se hace daño por una negligencia nuestra.

—Usted no tendría la culpa. Me he subido aquí yo sola.

Él sacudió la cabeza.

—Cualquiera comprendería lo tentadora que es una escalera como ésta para una mujer a la que le encantan los libros. Es como buscarse un problema.

Tamsin vio brillar sus ojos al decir aquello y estuvo segura de que se estaba burlando de ella.

—Ha sido una irresponsabilidad dejarla ahí, para que se subiese.

—Eso es una tontería –respondió ella, que sabía

que la escalera estaba fija a unos raíles que había en el suelo.

Él arqueó las cejas y la miró con algo parecido a aprobación.

–Es muy probable –murmuró–. Debe de ser la tensión. Apiádese de mis nervios y permita que la ayude a bajar.

Tamsin abrió la boca para acabar con aquel juego. Se negaba a ser el blanco de sus bromas, pero antes de que le diese tiempo a hablar, el príncipe la agarró y la acercó a él, calentándola a través de las capas de ropa que llevaba puesta e impidiendo que hablase. Por un momento, Tamsin se echó hacia delante y sintió pánico, pero un segundo después estaba apoyándose en un sólido hombro. Él la sujetó con fuerza y empezó a bajar la escalera sin soltarla.

–¡Déjeme bajar! ¡Déjeme, ahora mismo! –exclamó ella.

–Por supuesto, será sólo un momento.

Horrorizada, Tamsin notó cómo vibraba su pecho contra el de ella al hablar.

Cerró los ojos para no mirar al suelo o, lo que habría sido todavía más inquietante, mirar los músculos que tenía tan cerca de la cara.

Pero, al hacerlo, se agudizó el resto de sus sentidos. Lo sintió contra su cuerpo y su fuerza la excitó, haciendo que notase calor en la boca del estómago.

No tendría que haber disfrutado de aquello. Tenía que haberse sentido ofendida o, al menos, indiferente. Tenía...

–Ya está –le dijo él, dejándola en una silla y retrocediendo–. Sana y salva.

Su mirada era seria, tenía los labios apretados y el ceño ligeramente fruncido, parecía más molesto que divertido.

Tamsin deseó hacer algún comentario ingenioso, pero se quedó callada, notando un montón de sensaciones que no le eran familiares. Tenía los pechos doloridos y los pezones erguidos, los muslos calientes. Le miró el pelo moreno, un poco despeinado. Y notó un calor por dentro comparable al de un volcán a punto de entrar en erupción.

No era el sexy uniforme de caballería lo que hacía que estuviese tan guapo y pareciese el príncipe de un cuento. Era el hombre de carne y hueso que había debajo de él lo que la turbaba, eran sus ojos, que brillaban como si la estuviesen invitando a pecar.

Intentó decirse a sí misma que era un acto de vanidad llevar puesto un uniforme que resaltase el color de sus ojos, pero la seriedad de su expresión cuando no sonreía le indicó que no le importaba lo más mínimo su aspecto.

A Tamsin se le cortó la respiración al ver que apoyaba una rodilla en el suelo y tomaba su pie descalzo.

Intentó apartarlo, pero él no lo soltó. En su lugar, se sacó algo del bolsillo y se lo puso. Era su zapato, suave, usado.

–Entonces, Cenicienta, ¿por qué quería verme?

Ella tragó saliva. Estaba ante el príncipe Alaric, el hombre del que dependían su carrera y su reputación.

Pensó que se echaría a reír si supiese que, en diez minutos, y sin intentarlo, había seducido a una de las últimas vírgenes de Gran Bretaña.

Tragó saliva compulsivamente. Se puso en pie de

un salto y se apartó, se quitó los guantes y se los metió en un bolsillo.

–Se trata de los archivos que estoy catalogando y valorando para su conservación.

Un alijo de documentos descubierto recientemente durante la remodelación de un sótano.

Se giró. Él seguía en pie al lado de la silla, con el ceño fruncido. Tamsin levantó la barbilla y respiró hondo.

–Entre ellos hay papeles únicos y muy valiosos.

–Seguro que sí –respondió él en tono educado.

No parecía sentir el menor interés por su trabajo.

–He traído una copia de uno de ellos –añadió Tamsin tomando el maletín, y agradeciendo la excusa para apartar la mirada del príncipe.

–¿Por qué no me lo cuenta directamente?

En otras palabras, que fuese directa al grano.

Había tenido tiempo para entretenerse y divertirse a su costa, pero ya no le quedaba nada para su trabajo.

Tamsin se sintió decepcionada, y molesta.

–Uno de los documentos me llamó la atención. Es un archivo de su familia y de la del príncipe Raul –hizo una pausa, estaba emocionada a pesar de la decepción–. Todavía queda trabajo por hacer. He estado traduciéndolo del latín y, si se demuestra que es correcto...

–¿Sí? ¿Si se demuestra que es correcto?

Tamsin dudó, no sabía cómo decirlo, aunque seguro que al príncipe le alegraba la noticia.

–Si está en lo cierto, Su Alteza no es sólo el príncipe de Ruvingia, sino el legítimo soberano de Maritz. De todo el país. Y no el príncipe Raul.

Hizo una pausa y vio cómo el príncipe se ponía tenso.

–Debería ser coronado rey.

Capítulo 2

ALARIC se puso tenso al oír aquello.
¡Él el rey de Maritz!
Era una noticia terrible.

Raul era el príncipe heredero. El que había sido educado desde su nacimiento para gobernar. El que había sido entrenado para dedicar toda su vida al país.

Maritz lo necesitaba.

A él, o a un hombre como su hermano Felix.

Alaric no estaba hecho con el mismo molde. Todavía podía oír la fría voz de su padre expresando su desagrado y decepción con él.

Hizo una mueca. Cuánta razón había tenido el viejo. Él no podía responsabilizarse de todo el país. Ya era bastante malo que hubiese tenido que ocupar el lugar de Felix al frente del principado. Confiarle el bienestar de toda la nación sería un desastre.

Se sintió horrorizado. Y empezó a ver en su cabeza los rostros de todas las personas a las que había fallado. La cara de su hermano, que con mirada febril lo acusaba de haberlo traicionado.

Él no podía ser rey. Eso era impensable.

—¿Es una broma? —inquirió.

—¡Por supuesto que no!

No. A juzgar por el ceño fruncido y la mirada sorprendida de Tamsin Connors, no estaba de broma.

Alaric jamás había visto a una mujer tan seria y retraída. Tenía los labios apretados, el pelo recogido, era la típica solterona.

Salvo por su cuerpo.

Era difícil de creer que tuviese tantas curvas y una piel tan caliente. O que, al acercarse a ella, hubiese sentido un curioso deseo de quitarle aquella ropa y explorar su aromática femineidad.

A pesar de la ropa ancha, era una mujer de unos veinticinco años. Cuando se le olvidaba apretar los labios, éstos eran sorprendentemente deliciosos. Alaric observó su rostro y supo que estaba evitando el tema en cuestión.

–¿Qué hay exactamente en esos papeles? –preguntó.

–Son unos viejos archivos de un clérigo llamado Tomas. Detalla la historia monárquica, los nacimientos, las muertes y los matrimonios.

Alaric se preguntó si se estaría imaginando su olor fresco en aquella habitación que le hacía recordar a tantos muertos.

Hizo un esfuerzo por concentrarse en la conversación.

–Siéntese, por favor, y explíquemelo –le pidió, señalando uno de los sillones que había cerca de la chimenea e instalándose él en otro.

–Según Tomas, humo un matrimonio endogámico entre su familia y la del príncipe Raul.

Alaric asintió.

–Era habitual en la época.

Se protegía el poder con alianzas con otras familias de la aristocracia.

–Hubo un momento en el que hubo un hueco en la línea sucesoria directa al trono de Maritz. La corona no pudo pasar de padre a hijo porque el hijo del rey había muerto.

A Alaric se le encogió el estómago al oír aquello. Sabía que había usurpado el lugar de un hombre mejor que él.

Que era responsable de la muerte de su hermano.

–Hubo dos aspirantes al trono. Uno de la familia del príncipe Raul y... –Tamsin dejó de hablar al ver su expresión. Y parte de su entusiasmo desapareció.

–¿Y otro de la mía?

Ella cambió de postura, como si estuviese incómoda, pero continuó.

Dos príncipes rivales de distintas ramas de dos familias que se habían mezclado. El viejo rey había designado a uno de ellos, al que era mayor sólo por un par de semanas, como su sucesor, pero un trágico accidente hizo que el heredero alternativo accediese al trono y la viuda del príncipe fallecido tomó la desesperada decisión de enviar a su hijo recién nacido a un lugar seguro. Después desapareció el testamento del viejo rey y se falsearon las fechas de nacimiento para apoyar la reclamación del trono del nuevo monarca.

Era un relato lleno de traiciones y de la despiadada lucha por alcanzar el poder, pero dada la turbulencia historia de su país, a Alaric le pareció factible.

¿Cómo era posible que aquella mujer hubiese encontrado semejante documento? No obstante, parecía muy segura de lo que le estaba contando.

Y era evidente que había encontrado algo. Alaric había leído su currículum y sabía que no era tonta. Estaba muy cualificada y tenía buenas referencias y mucha experiencia.

Era tentador pensar que aquello era un error, que había sacado conclusiones equivocadas, pero no parecía una mujer a la que le gustase correr riesgos.

–¿No está satisfecho? –se atrevió a preguntarle–. Sé que es increíble, pero...

–¿Pensó que me entusiasmaría con la idea de ser rey? –le preguntó él, sintiendo pánico, náuseas.

Negó con la cabeza.

–Soy leal a mi primo, doctora Connors. Es el tipo de rey que necesita nuestro país.

Que él ocupase su puesto sería una pesadilla hecha realidad.

Aquellas noticias no podían haber llegado en peor momento. El país necesitaba estabilidad. Si aquello era cierto...

–¿A quién más se lo ha contado? –le preguntó, poniéndose en pie y acercándose a ella, que se encogió al verlo tan cerca.

Y él pensó que, de repente, parecía muy vulnerable y joven, así que retrocedió para dejarle más espacio.

No había necesidad de intimidarla. Todavía.

–No se lo he contado a nadie –le respondió ésta con los ojos muy abiertos detrás de las feas gafas que llevaba puestas–. Antes tenía que hablar con usted.

Él se sintió menos tenso y respiró hondo.

–Bien. Ha hecho lo correcto.

Tamsin sonrió con timidez y Alaric se sintió casi culpable por haberla asustado. La había visto llevarse una mano al corazón, como si lo tuviese acelerado. Observó cómo su pecho subía y bajaba con rapidez y volvió a recordar su cuerpo pegado al de él.

–Cuando me den los resultados de la prueba sabremos si los documentos son lo que parecen ser.

–¿Los resultados? ¿De qué pruebas?

–De varias pruebas –respondió ella con cautela.

Alaric se pasó una mano por el pelo y contuvo el impulso de exigir una explicación.

En su lugar, retrocedió otro paso y vio cómo ella relajaba el rostro.

–¿Le importaría ilustrarme al respecto?

Ella parpadeó y se sonrojó un instante.

Pero poco después volvía a hablar en tono profesional.

–He mandado varias páginas para que les hagan pruebas. Tenemos que saber si son tan antiguas como parecen, que no son una falsificación.

Alaric se preguntó quién tendría los papeles en esos momentos. La cosa cada vez iba peor.

–El estilo del texto es poco corriente. He enviado una copia de varias páginas a un colega para que las examine.

–¿Quién le ha dado permiso para hacerlo? –preguntó él en tono tranquilo, pero inquisitivo.

Tamsin levantó la cabeza, se puso tensa.

–Cuando empecé me dijeron que, siempre y cuando tomase las precauciones habituales, podía hacer pruebas a los documentos que encontrase en los archivos.

–¡Pero si está en lo cierto, esos papeles son mucho más que unos documentos! –exclamó Alaric cerrando los puños.

–Por eso he sido especialmente cuidadosa –respondió Tamsin poniéndose en pie y mirándolo fijamente a los ojos–. Ninguna de las páginas que he enviado es importante. Soy consciente de que la información que le he dado debe ser confidencial hasta que se confirme. He seguido el protocolo establecido cuando acepté el trabajo.

Alaric expiró despacio.

–¿Y si alguien atase cabos?

–No –le dijo ella–. Eso no es posible.

Aunque no parecía tan segura.

–Habría sido mejor que esos papeles no saliesen de casa –comentó Alaric.

–En Ruvingia no hay medios para analizarlos –le respondió ella con la respiración acelerada–. Lo siento si he sobrepasado el límite. Le habría preguntado antes de hacerlo, pero es muy difícil conseguir hablar con usted.

Alaric tuvo que admitir que eso era cierto.

–¿Cuánto tardará en obtener los resultados?

Ella le contó cómo era el procedimiento y él pensó en los riesgos que implicaba aquel descubrimiento. Era necesario verificar el hallazgo y mantener la situación en secreto.

Pero se dio cuenta de que la estaba observando y de que había en ella un fuego que no había visto antes.

A pesar de la gravedad de la situación, algo masculino y primitivo se despertó en él.

Detrás de su aburrida apariencia se escondía una mujer ardiente y apasionada.

Y a él siempre le había atraído la pasión.

Intentó concentrarse en el problema que acababa de surgirle.

–En ese caso, no habrá que esperar mucho a tener los resultados. Mientras tanto, ¿quién tiene acceso a esos documentos?

–Sólo yo. La asistente del museo nacional está trabajando en otro material.

–Bien. Que siga así.

Él mismo se encargaría de que se guardasen los documentos en cuestión bajo llave.

–También estoy manteniendo los ojos bien abiertos por si doy con algún otro papel que confirme o desmienta lo que he averiguado. Todavía hay mucho que investigar.

¿Podía haber más? Aunque aquel documento desapareciese, ¿podría haber otros?

Alaric se maldijo. Se le había ocurrido una solución muy simple. Destruir las pruebas con un accidente y acabar así con el problema, pero entonces se empezarían a tomar más preocupaciones con los documentos restantes y los futuros accidentes resultarían más sospechosos.

Se sintió confundido. Por un lado sabía que el país estaría mejor en manos de su primo Raul, pero por otro se decía que tenía que asumir su responsabilidad, por desagradable que fuese.

Se pasó una mano por el pelo y anduvo de un lado a otro, con un nudo en el estómago. En treinta años, jamás había eludido sus compromisos, por dolorosos que fuesen.

Se lo advertiría a Raul. Crearían un plan de emergencia e irían ver al genealogista real, un historiador conocido por su experiencia y discreción. Alaric necesitaba saber si aquella historia podía ser verdad.

En cualquier caso, los documentos eran peligrosos. Si había más copias, y si Tamsin Connors era la profesional inocente y seria que parecía, necesitaba tenerla de su lado.

Eso, si era lo que parecía.

¿Podía haber dejado alguien unos documentos falsificados para que ella los encontrase y trastocase la coronación de Raul? Era poco probable. Aunque tampoco era normal que Tamsin hubiese encontrado esos papeles después de sólo un par de semanas trabajando allí.

Alaric frunció el ceño y se fijó en sus gafas y en su ropa. En la manera en que evitaba su mirada.

¿Podía estar ocultándole algo?

No tardaría en averiguarlo.

–Por supuesto, lo comprendo –murmuró Tamsin al teléfono.

Tenía que haberse sentido decepcionada con la noticia, de hecho, lo estaba, pero se había distraído con el hombre que estaba merodeando por su despacho. Parecía impaciente, incómodo con el hecho de sentirse interesado por todos los detalles.

Ella lo observó y se dio cuenta de que el príncipe Alaric no necesitaba un espléndido uniforme que realzase su físico. Con unos pantalones oscuros, una camiseta y una chaqueta estaba igual de imponente aquella tarde.

Hasta la noche anterior, Tamsin no había sabido que sentía debilidad por los hombres altos y de hombros anchos que parecían dispuestos a cargar en ellos el mundo entero. Por hombres con la mirada alegre un minuto y turbia al siguiente.

Había pensado que prefería a los hombres con carreras académicas, rubios y de rostro limpio, como Patrick.

Pero se había equivocado.

–Gracias por la llamada –dijo antes de colgar el auricular con cuidado.

–¿Ocurre algo? –le preguntó Alaric acercándose.

Tamsin respiró hondo y bajó la vista a sus manos, apoyadas en el escritorio. Había rezado porque su reacción ante él la noche anterior hubiese sido sólo un arrebato.

Observó su pelo moreno, sus ojos azules oscuros, los pómulos marcados y la nariz fuerte, y se dijo que tenía aspecto de aristócrata. No obstante, su boca era la de un seductor: cálida, provocativa y sensual.

Tamsin parpadeó. ¿De dónde se había sacado aquello?

–¿Doctora Connors?

–Lo siento. Estaba... pensando. Acaban de decirme que los resultados se van a retrasar.

Alaric frunció el ceño y ella se apresuró a continuar:

–Esperaba que nos pudiesen decir ya de cuándo son los documentos, pero va a haber que esperar.

Tamsin pensó que los motivos que le había dado la asistente de Patrick acerca del retraso eran plausibles, pero había visto tan nerviosa a la muchacha que eso le había hecho sospechar.

¿Acaso no se había contentado Patrick con robarle el ascenso? Había sido el primer hombre en interesarse por ella, y había utilizado su ingenuidad para aplastarla. Tamsin había pasado muchas horas extra trabajando, y él se había apropiado de su trabajo. Cuando había conseguido que lo ascendiesen, la había dejado sin más. Ella no había contado lo ocurrido por orgullo, había preferido encerrarse todavía más en sí misma y se había jurado que jamás volvería a exponer su corazón.

¿Era Patrick capaz de arrebatarle aquel proyecto también?

¿Podían ser verdad los rumores que había oído, de que Patrick la veía como una amenaza profesional?

—¿Van a devolvernos los documentos? —le preguntó el príncipe con los ojos brillantes.

—Todavía no —respondió ella, fascinada con su mirada—, pero espero que no tarden mucho.

Tamsin lo vio apretar los labios. Estaba impaciente. A pesar de lo que le había dicho la noche anterior, debía de estar nervioso con la posibilidad de convertirse en rey. ¿Quién no?

—¿Son éstos el resto de documentos hallados recientemente? —le preguntó él, señalando un montón de papeles que estaban apilados a un lado.

—Algunos de ellos. Los menos frágiles. Los he dejado ahí hasta que tenga tiempo de valorarlos.

—Podría haber documentos importantes entre ellos, ¿verdad?

—Es posible, pero pocas personas podrían leerlos. A pesar de mi experiencia, algunos textos son difíciles de descifrar y se tarda mucho tiempo.

—Eso no importa. Hay que ponerlos en un lugar seguro —le dijo él, acercándose al montón—. Quiero que calcule exactamente lo que va a necesitar y me lo diga hoy mismo. Los pondremos bajo llave y sólo se podrá acceder a ellos con mi aprobación.

–No es sólo una cuestión de espacio, sino de encontrar un ambiente adecuado y...

–Lo comprendo. Dígame lo que hace falta y lo tendrá.

–Será caro.

El príncipe le quitó importancia con un ademán. Era evidente que el dinero no era un problema para él.

Ella se puso en pie.

–Mientras tanto, ¿podría trabajar con el texto? Me gustaría traducir una parte esta noche.

La noche anterior, el príncipe había insistido en acompañarla a su despacho para ver el documento original. Luego, sin previo aviso, y a pesar de sus protestas, se lo había llevado. A Tamsin le preocupaba que no fuese consciente de lo delicado que era.

–Por supuesto.

Alaric se miró el reloj, como si tuviese prisa.

–Pero hoy no... es tarde.

–Pero...

Él se acercó, se acercó demasiado. Tamsin sintió su calor, aspiró su aroma a especias y a limpio y deseó haberse quedado sentada.

–Pero nada. Tengo entendido que no ha hecho otra cosa más que trabajar desde que ha llegado a palacio. No soy un esclavista y no quiero que se pase el día y la noche trabajando.

–¡Quiero hacerlo!

¿Qué iba a hacer si no por la noche?

–Esta noche, no –repitió él, yendo hacia la puerta

y deteniéndose en el umbral–. Hágame saber lo que va a necesitar para guardar todos esos papeles.

–Me ocuparé de ello inmediatamente.

El príncipe asintió y se marchó. Tamsin se quedó tambaleándose, mirando hacia la puerta.

Había esperado que su descubrimiento despertase interés, pero no que la apartasen de la investigación.

Intentó convencerse de que el príncipe no la había apartado del caso. Estaba permitiendo que la mala experiencia que había tenido con Patrick la ofuscase.

Era bueno que al príncipe Alaric le importase su bienestar. Era sensato que quisiese guardar bien los documentos.

Entonces, ¿por qué se sentía como si la estuviesen manejando?

Por la noche, Alaric fue hacia el gimnasio que había en la otra punta del castillo. Necesitaba quemar energía. La noche anterior, Tamsin Connors no lo había dejado dormir.

Esa mañana, el genealogista le había advertido que probar o desmentir su derecho al trono llevaría tiempo. Alaric quería que le diesen una respuesta cuanto antes, si era negativa, mejor. Esperar iba en contra de sus principios, lo mismo que depender de fuerzas que no estuviesen bajo su control.

Además, sus investigadores no habían conseguido averiguar casi nada de la inglesa.

No era posible que tuviese un pasado tan simple, sin novios, ni amigos. Sólo algún dato acerca de un posible romance con un compañero de trabajo.

En otras circunstancias, no le habría dado más vueltas y habría considerado que era una mujer callada, dedicada a su trabajo, pero no podía arriesgarse.

Redujo la velocidad al pasar por la pista de squash. Las luces estaban encendidas y se detuvo a ver quién estaba jugando.

Era una mujer, ágil como la pelota por la pista.

Alaric frunció el ceño, incapaz de situarla. Vestía camiseta y pantalones cortos y anchos, y él se fijo en sus piernas esbeltas y sintió calor por dentro, lo que le hizo sonreír.

Había un remedio muy antiguo contra el insomnio, uno que él utilizaba mucho. Una mujer bonita y...

La mujer se giró y a Alaric se le cortó la respiración.

Era Tamsin Connors. Aunque no parecía ella.

Tenía que haberlo adivinado al ver la ropa ancha, pero, al mismo tiempo, estaba distinta.

Se le secó la boca al ver la cantidad de piel rosada que quedaba al descubierto. Tenía unas piernas deliciosas y los pechos parecían más llenos de lo que él había pensado. Parte del pelo se le había soltado de la coleta y le rodeaba la cara. Respiraba con dificultad por la boca, cuyos labios ya no estaban apretados y le brillaban los ojos.

¡Los ojos! No llevaba gafas.

Alaric sospechó al verla sin las feas gafas. ¿Se habría puesto lentillas?

¿Habría intentado disfrazarse? Si así era, lo había hecho muy bien.

Pero ¿de qué quería esconderse?

Tal vez del mundo que la rodeaba. Porque parecía demasiado sincera y seria para querer engañar a nadie. No obstante, Alaric pensó que podía haber querido engañarlo a él.

Se dejó caer en un banco que había al lado de la puerta de la pista de squash, junto a un feo jersey y la funda de unas gafas.

Las sacó y se las acercó a los ojos. La corrección no era tanta. ¿Por qué se las ponía?

Aquello le hizo sospechar todavía más. Era una extraña, disfrazada. Qué coincidencia que hubiese descubierto unos documentos que podían terminar con la paz de la nación.

Tamsin Connors no era quien parecía. ¿Formaría parte de un complot? ¿O la habrían engañado?

Acababa de guardar las gafas cuando la vio salir de la pista.

Tamsin abrió mucho los ojos ambarinos al verlo y se acercó despacio.

Al cerebro de Alaric llegaron varios mensajes opuestos. De cautela. Desconfianza. Curiosidad. Deseo. Lo del deseo era evidente.

Apretó la mandíbula y se dijo que no era el momento de dejar que su libido mandase sobre su cerebro.

Sonrió despacio.

La doctora Connors y él estaban a punto de conocerse mucho mejor.

Capítulo 3

A TAMSIN le fallaron los pies.

Había pasado la noche anterior pensando en aquel hombre, incluso soñando con él, pero se le había olvidado lo irresistible que era en persona.

Tan grande. Tan radiante. Tan poderosamente masculino.

Lo vio estudiarla con la mirada y sintió calor en el estómago. Lo vio sonreírle y se le aceleró el corazón todavía más.

¿Le habría sonreído si supiese que había jugado hasta el agotamiento para intentar sacárselo de la cabeza? ¿Que se excitaba sólo con su presencia?

No. El príncipe le pagaba para que trabajase allí. Era su jefe, un aristócrata que vivía una vida privilegiada. Un hombre que no sentía ningún interés por ella ni por su trabajo, salvo si éste le daba acceso al trono.

Se quedaría horrorizado si supiese lo que sentía al verlo.

Apartó la vista, por miedo a que pudiese leerle los pensamientos. Patrick siempre había sabido leerla como a un libro abierto. Y no podía dejar que aquel hombre lo hiciese también.

–Doctora Connors –la saludó.

Ella tomó el jersey y las gafas y se lo apretó todo contra el pecho.

–Espero que no le importe que haya utilizado la pista –murmuró ella–. Me habían dicho que podía hacerlo, pero no pensé que tal vez...

–Por supuesto que no me importa. Me alegra que se utilice. Si hubiese sabido que jugaba, la habría invitado a un partido.

–No creo que esté a su nivel –respondió ella nerviosa.

–He visto cómo juega. Es rápida y ágil y sabe cómo utilizar su cuerpo –respondió Alaric, sonriendo de manera diferente, más íntima–. Estoy seguro de que haríamos buena pareja.

Tamsin se los imaginó haciendo buena pareja en otro lugar y sintió calor.

–Me alegra que lo piense –farfulló–, pero ambos sabríamos que habría sido un partido desequilibrado.

–Se infravalora, doctora Connors. ¿Por qué? Me pareció una mujer muy segura de sí misma cuando estuvimos hablando de su trabajo.

–Eso es diferente –respondió ella, mirándolo a los ojos muy a su pesar–. Mi trabajo es lo que hago bien. Lo que me gusta.

Llevaba años dedicada a trabajar, ya que siempre le había resultado más sencillo que socializar. Y su única experiencia con un hombre había sido un desastre.

–Llevo una vida muy sedentaria –añadió–. Y ésta es una manera de mantenerme en forma.

–Aun así, me ha parecido que jugaba muy bien. Sería un buen rival.

Ella volvió a tener la sensación de que el príncipe la veía de verdad, como mujer, que veía sus talentos y sus dudas, sus seguridades y sus miedos.

La idea le gustó, pero, al mismo tiempo, hizo que se sintiese vulnerable.

Metió un brazo en el jersey, luego el otro, y se lo puso. Abrió la funda de las gafas, ya que se sentía desnuda sin ellas, pero la intensidad de la mirada del príncipe hizo que la volviese a cerrar.

–No estoy de acuerdo, Su Alteza, pero gracias por el cumplido.

Iba a darse la vuelta para marcharse, pero se detuvo. Tal vez aquélla fuese su única oportunidad para hablar con él.

–¿Podría trabajar mañana en el texto? Estoy deseando avanzar.

–Seguro que sí –respondió él sin entusiasmo.

Si le ilusionaba la idea de convertirse en monarca, lo disimulaba bien.

¿O era que había dicho ella algo inadecuado?

–Se lo llevarán mañana para que pueda continuar con sus... investigaciones –añadió el príncipe por fin.

Tamsin estaba sentada sobre su pie descalzo, absorta.

Cuanto más ahondaba en aquel manuscrito, más le fascinaba.

Acercó la lámpara para ver mejor una palabra.

Frunció el ceño y perdió el hilo.

No oyó nada, no vio moverse nada con el rabillo del ojo, pero se había desconcentrado. Tenía el vello de los brazos erizado. ¿Se habría imaginado un cambio en la atmósfera?

Volvió a centrarse e intentó averiguar el significado de una frase entera, pero cuanto más intentaba concentrarse, más consciente era de... otra cosa.

Finalmente, exasperada, levantó la vista. Y lo vio.

Estaba inmóvil, con los pies separados y las manos en los bolsillos, con una postura muy masculina.

A Tamsin se le aceleró el corazón. ¿Cuánto tiempo llevaba allí, observándola en silencio? ¿Por qué estaba tan serio?

¿Y qué estaba haciendo allí?

—Lleva trabajando desde las siete y media de la mañana y casi no ha parado ni para comer —le dijo el príncipe, sacándose las manos de los bolsillos y acercándose—. Es hora de que pare.

Tamsin frunció el ceño.

—¿Me está vigilando? —preguntó, más sorprendida que indignada.

—Mis hombres han aumentado la seguridad, dada la importancia de su hallazgo. Les he pedido que me mantengan informado.

¿Informado acerca de cuándo paraba a comer? Tamsin abrió la boca para cuestionarlo.

—¿Está traduciendo? —se le adelantó él, inclinándose sobre el manuscrito.

Ella notó una ola de calor al tenerlo tan cerca.

—Sí —respondió, sentándose más erguida—. Es un documento fascinante, independientemente del tema de la sucesión.

—Pues ya ha terminado por hoy.

–Sí, he terminado –admitió, pensando que, de todas maneras, había perdido la concentración.

Echó la silla hacia atrás, se levantó y empezó a
recoger. Tenía que haberse sentido menos afectada
por él al estar de pie, pero inhaló su aroma fresco y
fue consciente de cómo la rodeaba su cuerpo, y eso
la irritó.

–Bien. Ya puede salir.

–¿Salir? –preguntó ella con el ceño fruncido.

–¿Cuánto tiempo hace que no sale del castillo?

Ella se hizo la misma pregunta. Había estado demasiado ocupada como para contar los días.

–He tenido mucho trabajo últimamente.

–Eso me parecía. Venga, recoja.

–Pero soy capaz de airearme sola.

–Seguro que sí. Es una mujer muy capaz, doctora
Connors.

El príncipe sonrió y su rostro se iluminó.

–¿Qué está haciendo aquí? –le preguntó Tamsin,
poniéndose de repente a la defensiva–. ¿Qué quiere?

No era tonta y sabía que los hombres como aquél
no malgastaban su tiempo con mujeres como ella.
Con mujeres que no eran ni glamurosas ni sexys.

–Veo que no se anda con miramientos. Me gusta
su franqueza. He venido a hacerle una propuesta.

Ella alzó la vista, sorprendida, y él levantó una
mano antes de que le diese tiempo a interrumpirlo.

–Pero no aquí. Es tarde. Necesita hacer un des-
canso y yo necesito cenar. Le demostraré lo hospita-
larios que somos en Ruvingia y hablaremos de ello
después de la cena.

A Tamsin su instinto le dijo que algo no cuadraba.

No había ningún motivo para que un príncipe invitase a una de sus empleadas a cenar.

No obstante, sintió curiosidad. ¿Qué propuesta querría hacerle? ¿Tendría algo que ver con los archivos?

–Si necesita que alguien responda por mí... –continuó Alaric.

Ella hizo una mueca.

–Gracias, pero no.

Tamsin se dio cuenta de que, a pesar de estar sonriendo, parecía tenso. Tal vez lo que tenía que decirle era importante.

–Me vendrá bien algo de aire fresco. Y cenar –añadió, dándose cuenta de repente del hambre que tenía.

–Excelente –dijo él, retrocediendo y dejándole más espacio–. Abríguese y lleve zapatos cómodos. Nos encontraremos delante de los garajes en veinte minutos.

–Yo me encargaré de esto –dijo Tamsin, pero cuando fue a tomar el documento, vio que el príncipe se sacaba unos guantes del bolsillo y se le adelantaba.

–Yo me ocuparé de él. Usted vaya a prepararse.

Era evidente que no confiaba en ella y eso la decepcionó.

Si no confiaba en que fuese capaz de cuidar del documento, ¿cómo iba a confiar en su trabajo? ¿Y por qué querría hacerle una proposición?

Tamsin se sintió fuera de lugar en el lujoso coche en el que salieron de los terrenos del castillo. Nunca antes había estado en un coche así.

Y jamás había estado con un hombre como el príncipe Alaric.

En los confines del vehículo, era imposible ignorarlo. Tan grande y vital. El ambiente estaba tan cargado de electricidad, que hasta era difícil respirar.

Tamsin se dijo que era la falta de comida lo que hacía que estuviese mareada.

Él condujo con una sonrisa en los labios, como si le encantase hacerlo. Agarraba el volante con una seguridad y una destreza que hizo que Tamsin pensase que disfrutaba con los placeres táctiles. Y se estremeció al pensarlo.

–¿Tiene frío? –le preguntó él.

No había apartado la vista de la carretera, ¿cómo se había dado cuenta de que acababa de sentir un escalofrío?

–No, tengo calor.

–En ese caso, es la carretera lo que la incomoda –le dijo él, frenando.

Ella estuvo a punto de protestar. El coche no había ido rápido y ella estaba disfrutando del paseo. Se sintió decepcionada al ver que el príncipe tomaba la siguiente curva demasiado despacio.

–¿Cuál es esa proposición que quiere hacerme?

Él negó con la cabeza sin separar la vista del asfalto.

–Todavía no. No hasta que no hayamos cenado.

Tamsin intentó contener su impaciencia, ya que supo que no conseguiría hacer que cambiase de opinión.

–Dígame por qué aceptó el trabajo. Pasarse el invierno encerrada en el castillo no me parece nada apetecible.

Tamsin se preguntó si estaría de broma y lo miró otra vez de reojo.

—El lugar es precioso.

—Si casi no ha salido del castillo.

Tamsin se puso tensa. ¿Acaso lo tenían informado de todos sus movimientos? ¿Por qué?

—Tenía pensado salir más, pero empecé a meterme en mi trabajo y encontré la crónica de Tomas, y después, ya no he tenido tiempo.

—¿Vino a Ruvingia por sus paisajes? —preguntó el príncipe con incredulidad.

—No, fue el trabajo lo que me fascinó.

—¿No le importa pasar un invierno alpino, alejada de su familia y sus amigos?

Tamsin apartó la mirada hacia el bosque.

—Mis padres fueron los primeros que me animaron a pedir el puesto. Saben lo importante que es el trabajo para mí.

Ni siquiera les importaba que no estuviese en casa por Navidad. Para su padre, las vacaciones eran una molestia, ya que cerraban las bibliotecas universitarias. Y para su madre, inmersa en su arte, era más fácil cocinar para dos que para tres. Ambos se dedicaban a su trabajo y Tamsin, que había llegado a su matrimonio sin que lo esperasen, después de muchos años casados, se había acoplado a su vida y pronto había sido autónoma.

—¿Y sus amigos? ¿No preferiría estar con ellos en esta época del año? —le preguntó él, sabiendo que metía el dedo en la llaga.

Tamsin tenía amigos, pero ninguno demasiado íntimo.

Salvo Patrick. Con el que había esperado poder estar en vacaciones. Antes de darse cuenta de que era una idiota.

Se giró hacia el príncipe Alaric y se dio cuenta de que la estaba observando. ¿Por qué se interesaba tanto por ella?

–No comprende lo emocionante que es este trabajo –le dijo, haciendo un esfuerzo por sonreír–. Es la oportunidad de hacer algo importante, de preservar unos documentos que, si no, se habrían perdido. Por no hablar de la emoción de descubrir. De la oportunidad de... –dudó, sin saber si debía revelar lo importante que era aquel trabajo también a nivel personal.

Había sido una manera de escapar, de alejarse de Patrick y de las miradas compasivas de sus demás compañeros.

También había sido una oportunidad de reforzar su autoestima. De demostrarse que, a pesar del lapsus que había tenido con Patrick, era buena en lo que hacía. Incluso de demostrar a aquellos que habían dudado de su capacidad, que se habían equivocado al ascender a Patrick en vez de a ella.

–¿La oportunidad de...?

Tamsin intentó centrarse de nuevo en la conversación.

–De formar parte de este emocionante descubrimiento. Estas cosas sólo pasan una vez en la vida.

–Pero eso no lo sabía cuando pidió el puesto –respondió él enseguida.

–No, pero...

No podía contarle lo desesperada que había estado por escapar.

–Quería cambiar. Y este trabajo parecía demasiado bueno como para perdérselo.

–Demasiado bueno para ser verdad –comentó él en tono curiosamente brusco.

Tamsin se preguntó si se estaría aburriendo con ella, debía de estar acostumbrado a conversaciones más interesantes. Y también agradeció poder cambiar de tema.

–¿Adónde vamos?

Estaban en el centro antiguo de la ciudad, donde las calles eran estrechas y adoquinadas.

Tamsin vio a los viandantes disfrutar de las iluminaciones y de los escaparates, y deseó poder ser uno de ellos.

–Está puesto el mercado de invierno –le contestó él–. Cenaremos y podrá ver la ciudad.

Y a ella le encantó la idea. El ambiente era muy romántico, pero era imposible relajarse del todo con un príncipe a su lado. No sabía qué querría proponerle y tenía la sensación de que no iba a gustarle. ¿Por qué se interesaba tanto por ella?

Vio a una pareja paseando de la mano y sintió envidia. Había tenido la esperanza de que Patrick y ella...

Tamsin nunca había tenido una relación así con nadie, nunca había sentido un amor que abarcase todos los aspectos de su vida, ni siquiera el de sus padres. Jamás había encajado, había terminado el colegio mucho antes que los demás chicos de su edad y había sido la más joven en la universidad.

Se giró y apretó los labios. Se negaba a sufrir por lo que nunca había tenido. Una sola experiencia amorosa le había demostrado lo que siempre había sospechado, que el amor no era para ella. No despertaba ese tipo de sentimiento.

Pero tenía su trabajo. Y eso servía de compensación.

Alaric observó a la mujer que tenía al lado con frustración. Llevaba dos horas con ella y seguía siendo un enigma. Su risa al ver las payasadas de los niños en la pista de patinaje. Su entusiasmo por los mercados llenos de artesanía y productos locales. Se contentaba con cosas sencillas y no paraba de hacer preguntas.

¡La mayoría de las mujeres a las que conocía se habrían quejado si las hubiese llevado allí!

Era tentador pensar que era inocente, que no lo quería engañar.

Pero en el coche le había respondido con evasivas y Alaric tenía la sensación de que estaba allí por algún motivo que no le había contado.

Había vuelto a disfrazarse, con las gafas de pasta, el pelo recogido en un moño, un abrigo de un color que no le favorecía y unos pantalones anchos.

¿Estaba intentando que se olvidase de que la había visto en pantalones cortos?

Hizo una mueca. Tenía la imagen grabada en la cabeza.

Tamsin estaba ensimismada viendo cómo en uno de los puestos preparaban tortitas y las rellenaban de cerezas, nueces y chocolate. Era una delicia observarla. Puso cara de placer al darle un bocado a su tortita, sin darse cuenta de que parte del chocolate le chorreaba por el labio inferior, lo que hizo reaccionar a la testosterona de Alaric.

Tamsin se relamió y él notó horrorizado que se estaba excitando como si la hubiese visto desnudarse y ofrecerle su suave cuerpo.

Allí mismo. En ese momento.

¿Qué le estaba pasando? No se parecía en nada a las mujeres con las que solía salir. Y ni siquiera estaba seguro de poder confiar en ella.

No obstante, la combinación de mente despierta, formalidad y curvas escondidas era absurda y enormemente provocadora.

Alguien pasó por su lado y la empujó hacia él, que tuvo que obligarse a soltarla después de haberla ayudado a guardar el equilibrio.

—Vamos a algún sitio más tranquilo —le dijo de repente.

Tamsin levantó la vista y dejó de disfrutar al ver su rostro serio. Era evidente que el príncipe se había cansado.

Y no le extrañaba. Se había salido de la rutina para enseñarle algo que, para él, debía de ser común y corriente. Además, en todo el tiempo que habían estado allí no había dejado de acercársele gente. No le habían dado respiro.

Sobre todo, lo habían abordado mujeres, que se echaban a reír tontamente sólo con que el príncipe las mirase.

Ella había observado fascinada cómo había contestado a todas las preguntas con buen humor y sentido práctico.

–Por supuesto –le respondió en un murmullo.

Se oyó un estallido y luego, un grito. Tamsin contuvo la respiración y vio correr a un niño delante de ella, que resbaló y cayó contra una cuba de vino especiado. Ella gritó y se agarró al príncipe.

La cuba se tambaleó y Alaric agarró al niño para apartarlo de allí. Hubo un estrépito, el líquido caliente se derramó y alguien gritó, y el príncipe le puso al niño entre los brazos.

En el alboroto que se formó, Tamsin dejó de ver al príncipe, que apareció un minuto después, guardándose la cartera en el bolsillo y despidiéndose del comerciante sonriente que había perdido el vino. Luego aceptó las palabras de agradecimiento de los padres del niño, pero no se entretuvo. Unos minutos más tarde habían cruzado la plaza y estaban en un antiguo hotel.

Tamsin no vio su rostro bien hasta que no hubieron entrado en un salón privado. Estaba blanco.

–¿Está bien?

Era evidente que no lo estaba. Ella lo estudió con la mirada, por si tenía alguna herida. Fue entonces cuando se dio cuenta de que llevaba la mano manchada y se le hizo un nudo en el estómago.

Hizo que se sentase en un banco que había junto a la pared, él se dejó caer y Tamsin se puso a su lado, humedeció un pañuelo en una garrafa de agua y le apretó la mano con él.

Alaric guardó silencio, no se movió.

Ella le limpió la mancha de vino y vio que tenía

una quemadura en el dorso de la mano, se la tapó con el pañuelo húmedo.

—¿Es sólo la mano? ¿Le duele algo más?

Él giró la cabeza despacio y la miró como si no la entendiese. Tenía las pupilas muy dilatadas.

—¿Su Alteza? ¿Se ha quemado en algún otro lugar?

Le agarró la mano y se tranquilizó al ver que estaba caliente, pero era la frialdad de su mirada lo que la preocupaba. Le tocó las piernas con la otra mano, buscando más heridas.

Y él bajó la vista.

Tamsin dejó de mover la mano, la dejó quieta sobre su muslo. De repente, se sintió tonta.

—Estoy bien —le dijo él—. No tengo más quemaduras.

Dejó el pañuelo mojado encima de la mesa, respiró hondo y su rostro empezó a recuperar el color. Con la mano que tenía libre, cubrió la de ella.

Tamsin sintió calor.

—Dadas las circunstancias, creo que puedes olvidarte de mi título —le sugirió en tono seductor—. Llámame Alaric.

Luego sonrió, haciendo que a ella se le encogiese el estómago y, de repente, se dio cuenta de que estaban demasiado cerca y se echó hacia atrás.

—¿Estás seguro de que estás bien? —le preguntó.

—Sí. Y la mano... también está bien, pero gracias por preocuparte.

Y Tamsin se preguntó si su rostro rígido, descolorido, de unos segundos antes, había sido sólo fruto de su imaginación.

—Ahora que estamos a solas, podemos hablar de mi proposición —anunció el príncipe.

Estaba tan cerca de ella, que su aliento le acarició el pelo y la mejilla y Tamsin tuvo que hacer un esfuerzo para no estremecerse.

—Sí, Su... Alaric. ¿Qué es lo que tenías pensado?

Él le apretó la mano. Su fuerza la rodeó y la sensación fue reconfortante, a pesar de lo nerviosa que estaba.

Alaric sonrió más.

—Quiero que seas mi compañera.

Capítulo 4

T U... COMPAÑERA? –repitió ella con incredulidad.
No podía ser lo que se estaba imaginando.

El término podía tener muchas acepciones, pero ella había pensado inmediatamente en la de amante.

No pudo evitar imaginarse con él delante de la chimenea de la biblioteca, desnudos. Con sus piernas entrelazadas. Y las manos fuertes de Alaric recorriéndole el cuerpo.

¿Era deseo lo que había en su mirada? La estaba mirando fijamente. ¿Le estaría leyendo el pensamiento?

Tamsin se obligó a respirar con normalidad y se sentó más erguida. Se recordó que una de sus cualidades era su capacidad analítica.

Pero Alaric seguía agarrándole la mano y ella era incapaz de retirarla de allí.

–Eso es –le confirmó.

La compañera del príncipe Alaric de Ruvingia. Cualquier mujer habría matado por estar con el soltero de oro de la aristocracia europea. Por tener la oportunidad de convencerlo de que se casase con ella o, simplemente, de tenerlo como amante.

Pero Tamsin se dijo que no era una de ellas.

–Me has confundido con otra –le respondió, levantando la barbilla, y preparándose para cuando él le dijese que era sólo una broma.

–No me he confundido, doctora Connors –le aseguró él–. Tal vez sea mejor que te llame Tamsin.

Y ella sintió un escalofrío al oír cómo decía su nombre.

Como si le gustase.

Como si estuviese deseando decirlo otra vez.

–Por supuesto. ¿Qué es lo que me estás proponiendo?

Él arqueó una ceja.

–Lo que estás pensando. Necesito una compañera y tú serías perfecta. Y también tendrías beneficios, por supuesto.

Tamsin resistió el impulso de sacudir la cabeza para aclararse las ideas. Era la primera vez que un hombre la calificaba de perfecta.

–Mi invitación de esta noche no ha sido completamente altruista –le confesó Alaric–. Quería ver si éramos compatibles.

–¿Compatibles?

Él sonrió de oreja a oreja, pero Tamsin se dijo que tenía que ser sensata, lógica, aunque le fuese muy difícil cuando él la tocaba y le sonreía así.

–Necesito una compañera con la que no me aburra después de media hora.

–Doy por hecho que he pasado el filtro –comentó ella, preguntándose si Alaric no se habría parado a pensar que tenía mejores cosas que hacer con su tiempo.

Se le ocurrirían en cualquier momento.

Intentó apartar la mano, pero él no se lo permitió.

Se puso más serio.

–También tengo que estar seguro de que serás capaz de aguantarlo. No siempre es divertido estar conmigo cuando tengo que hacer el papel de príncipe delante de todo el mundo.

Ella lo observó y sintió curiosidad por la amargura que había oído en su voz al hablar de su título. ¿Sería real o fingido?

–No me ha molestado –le respondió.

Le había parecido un privilegio poder estar a su lado.

–Pero sigo sin entenderlo –añadió, respirando hondo–. ¿Por qué necesitas una compañera? ¿Y por qué yo?

–Ah, sabía que irías directa al quid de la cuestión.

Alaric la vio preocupada y supo que iba a tener que hacerlo mejor. Sólo había conseguido levantar sus sospechas.

Lo que había ocurrido en el mercado le había traído viejos y terribles recuerdos. Habían sido sólo unos segundos, pero tiempo suficiente para hacerle recordar una pesadilla de culpabilidad y dolor. Por un momento, había retrocedido a otro tiempo y a otro lugar. A otra vida que no había sido capaz de mantener.

Sólo con que Tamsin lo hubiese tocado, con oír preocupación en su voz, había salido de un estado en el que prefería no pensar. Normalmente, era algo que jamás compartía con nadie.

Y así seguiría haciéndolo.

–Voy a tener que quedarme en Ruvingia una temporada –le contó.

Ella asintió con cautela.

–Y... mientras esté aquí, voy a necesitar una compañera.

–¿Por qué? Es imposible que te sientas sólo.

Alaric pensó que, por mucho que había viajado, por muchas amantes que había tenido, siempre se había sentido solo. Y cuando se sentía solo, recordaba. Por eso necesitaba estar siempre en acción, divirtiéndose.

Pero no hacía falta que le contase aquello a Tamsin.

–Precisamente solo, no –le respondió, dedicándole una sonrisa con la que había conquistado a muchas mujeres.

Pero ella ni se inmutó y lo miró con el ceño fruncido, como si no acabase de entenderlo. Aquello le molestó. ¿Por qué Tamsin no podía ser como las demás y desear complacerlo? ¿Por qué tenía que cuestionarlo todo?

No obstante, había algo en su seriedad, en su actitud distante, que lo atraía.

–Mi vida sería más sencilla si me viesen entrar y salir siempre con la misma mujer. Una mujer que no esperase sacar de ello una situación permanente.

Tamsin inclinó la cabeza hacia un lado y apretó los labios.

–¿Quieres que te sirva de señuelo? ¿Estás cansado de que las mujeres intenten cazarte?

–Podría decirse así –contestó él, encogiéndose de hombros y viendo cómo ella apartaba la vista–. Es lo que tienen los títulos nobiliarios, que atraen a las mujeres deseosas de casarse.

–Pensé que eras capaz de aguantarlo –replicó

ella–. Dicen que te gustan las relaciones a corto plazo. Y no creo que tengas que esconderte detrás de ninguna mujer.

Alaric la vio tensa y supo que tenía que ofrecerle algo más.

–Son momentos delicados, Tamsin –dijo, disfrutando del sonido de su nombre–. Hay bloques de poder que están buscando su hueco, entre ellos, algunas familias aristocráticas a las que les encantaría consolidar su estatus emparentando con la realeza.

–Casándose contigo, ¿quieres decir?

Él asintió.

–Llevo meses viendo desfilar delante de mí a mujeres de la aristocracia, y cada vez me es más difícil evitarlas.

–Eres un adulto. Sólo tienes que decirles que no te interesan –le dijo ella, intentando retirar la mano de nuevo.

Pero él no se lo permitió, aquello no estaba saliendo como había planeado.

–No es tan sencillo. Incluso un rumor de que una aspirante tiene más posibilidades que otra, puede cambiar la balanza de poder. Mi primo Raul está sufriendo la misma presión.

Alaric se inclinó hacia delante y utilizó su tono más meloso.

–Sólo te pido que me ayudes a mantenerlas alejadas. ¿Tan irrazonable te parece?

Ella volvió a apretar los labios y lo miró con frialdad.

Alaric empezó a sentirse impaciente. Se sintió tentado a hacer las cosas de la manera más fácil.

A quitarle las gafas y besarla hasta que se rindiese a sus deseos. Hasta que se ruborizase como le había ocurrido al salir de la pista de squash, pero, en esa ocasión, de placer y deseo.

Hasta que capitulase y le dijese que haría lo que él le pidiese.

Todo lo que él le pidiese.

Alaric notó calor al recordar sus labios separados y rosados, su lengua limpiándolos de chocolate un rato antes. La presión de sus pechos contra él al bajarla de la escalera de la biblioteca.

Se le aceleró el pulso y le agarró la mano con más fuerza.

—Entiendo que te sea útil tener a alguien que mantenga alejadas a las demás mujeres, pero ¿por qué yo?

—Porque ya estás viviendo en el castillo. Y no te impresiona mi situación. Y porque no soñarás con que este acuerdo se convierta en algo más.

Levantó la mano de Tamsin para llevársela a los labios y besarla, aspiró el fresco aroma de su piel suave, disfrutó al verla estremecerse. Era diferente de las demás. Alaric no podía recordar a otra mujer que lo hubiese intrigado tanto. La protección de su país jamás había coincidido tanto con sus deseos personales.

Ten cerca a tus amigos, pero a tus enemigos todavía más, rezaba el dicho. Él todavía no estaba seguro de si Tamsin era su enemiga o si era inocente, pero disfrutaría teniéndola cerca. Muy cerca.

A Tamsin estuvo a punto de parársele el corazón cuando Alaric le acarició la mano con los labios.

Él parecía divertido. Se estaba riendo de ella. ¿La tomaba por tonta?

Apartó la mano, enfadada y dolida.

—Nadie se lo creería.

—¿Por qué no? Creerían lo que viesen.

Ella negó con la cabeza y deseó que Alaric dejase de jugar.

—¿Tamsin?

Alaric frunció el ceño al verla con los ojos enrojecidos.

—No soy el tipo de mujer que acompaña a un príncipe —dijo ella.

—Sé que mi trayectoria con las mujeres es desastrosa, pero tal vez tú puedas ser una excepción.

—¡Ah! —exclamó Tamsin, poniéndose en pie—. ¡Para ya!

Anduvo hasta la ventana y luego se giró a mirarlo otra vez.

—Nadie se creería que estuvieses con alguien como... como yo.

Él se levantó también, la miró fijamente.

—Tonterías.

Tamsin sintió ganas de patalear. O de gritar.

O de hacerse un ovillo y ponerse a llorar.

Quería hacer las mismas cosas que había deseado hacer cuando Patrick le había confesado que sólo había estado con una mujer como ella para lograr sus ambiciones. Todas las cosas que no se había permitido hacer porque había estado demasiado ocupada fingiendo que no le importaba.

—Mírame. No...

Pero no pudo continuar. Sabía que no era atractiva, que no atraía a los hombres, pero se negaba a reconocerlo en voz alta. Tenía su orgullo.

–Veo a una mujer inteligente, apasionada y enigmática.

Ella lo miró con incredulidad, de repente, lo tenía muy cerca y se estaba cerniendo sobre ella.

–Me niego a ser el centro de tus burlas –le dijo, dándose la vuelta, pero él la agarró del codo y la hizo girar.

–No me estoy burlando de ti, Tamsin. Jamás había hablado más en serio.

Ella levantó la barbilla.

–No creo que mi ropa esté a la altura de tu posición.

–Tu ropa me da igual –replicó él, con el ceño fruncido–. Si no te gusta, cámbiala. O deja que yo lo haga, si tú no tienes el dinero necesario.

–¡No seas absurdo!

Como si sólo fuese la ropa. Tamsin sabía cómo la veían los hombres. Nadie se creería que había sido capaz de seducir a un príncipe.

–¿Absurdo?

Alaric desprendía fuego por la mirada y ella sintió miedo, pánico, y notó un escalofrío.

Retrocedió un paso. Él avanzó.

–¿No me crees?

Tamsin negó con la cabeza. Por supuesto que no lo creía. No se hacía ilusiones. No...

De un solo paso, Alaric acortó el espacio que había entre ellos. Enterró los dedos en su pelo, haciendo que saltasen las horquillas, haciéndole una especie de masaje sorprendentemente sensual.

Ella lo miró a los ojos y se dijo a sí misma que debía apartarse, pero no fue capaz, estaba hipnotizada con sus ojos azules, que lo miraban de un modo que la desconcertó.

–No...

No pudo continuar, dio un grito ahogado y aspiró el olor de su colonia y el especiado aroma de su piel.

Y Alaric se aprovechó de que tenía los labios separados para devorárselos. Lo hizo con convicción, con pericia. Invadió todos sus sentidos y se la llevó a un lugar de oscuro éxtasis completamente desconocido para Tamsin.

La sujetó con tanta fuerza que no puedo moverse. El cuerpo de Alaric estaba duro y despertó en ella sensaciones inéditas.

Tamsin se dio cuenta de que no quería moverse, de que, de hecho, había puesto los brazos alrededor del cuello de Alaric para no caerse.

Estaba en la gloria.

Aquello no tenía nada que ver con las atenciones que había recibido de Patrick, ni con la torpeza de sus abrazos.

Por primera vez, sintió pasión y lo único que pudo hacer fue rendirse. Y disfrutar.

Era un beso ferviente, casi furioso, pero Tamsin nunca había probado algo tan delicioso, estaba temblando, pero no tenía miedo. En su lugar, se sentía... poderosa.

Se preguntó vagamente cómo era posible, pero su mente se negó a pensar en las consecuencias. Sólo sabía que estaba segura con Alaric.

Le devolvió el beso y se recreó con la cálida sensualidad de sus labios fundiéndose. Él le chupó la lengua y Tamsin gimió y notó que se le doblaban las rodillas.

Y el beso cambió, se hizo más suave, pero siguió siendo igual de satisfactorio.

Ella respiró hondo mientras Alaric la besaba en la mandíbula. Cada caricia despertaba en ella nuevas sensaciones. Le ardía la piel y tenía los pechos más llenos. Se frotó contra él y respiró con dificultad. Quería más.

Alaric volvió a besarla en la boca y le torció las gafas.

Entonces, se quedó quieto. Como si aquello le hubiese recordado a quién estaba besando. No era una mujer sofisticada, sino Tamsin Connors.

Detuvo los labios en la comisura de su boca y ella contuvo la respiración, desesperada porque volviese a besarla.

Quiso protestar por la interrupción, pero se contuvo. No le rogaría que le diese más. No después de ver la expresión de horror en su rostro. A juzgar por su mirada, era evidente que se arrepentía.

–¿Estás bien? –le preguntó muy serio.

Debía de estar avergonzado.

La había besado por pena, pero había dejado de hacerlo al recordar quién era.

Su delicioso sabor se convirtió en cenizas en la boca de Tamsin. La excitación murió. Ya no había magia. Sólo había sido un acto de caridad de un hombre al que le daba lástima.

Se sintió enfadada y arrepentida. Aunque se dijo que, al menos, no había planeado engañarla desde el principio, como Patrick.

Ella se había engañado sola al pensar que aquel beso era real.

Y en esos momentos le tocaba fingir que no importaba que Alaric hubiese despertado el deseo en una mujer que no lo había conocido hasta entonces.

No gritó de desesperación porque todavía tenía dignidad. Tal vez Alaric sólo la necesitase como señuelo, no por sí misma, pero no hacía falta que supiese que había hecho trizas su amor propio.

Levantó una mano para colocarse las gafas. Era un gesto habitual en ella, pero jamás había tenido tanto significado.

–Estoy bien, gracias. ¿Cómo estás tú?

Alaric estudió a la mujer de mirada fría que tenía delante e hizo un esfuerzo para hablar. Sus cuerdas vocales se habían cerrado, lo mismo que su cerebro cuando había empezado a besarla.

De hecho, todavía no era capaz de controlarse del todo.

Había besado a muchas mujeres en su vida, pero ninguna le había hecho sentir. Al menos, así.

¿Quién demonios era aquélla? ¿Qué le había hecho? La pasión era un placer, una liberación, una válvula de escape. Jamás lo había abrumado así.

–¿Estás segura? –consiguió preguntar.

–Por supuesto –respondió ella en tono indiferente, como si estuviese acostumbrada a que la acosase cualquier extraño.

Alaric se pasó una mano por la cara y le molestó ver que le temblaban los dedos.

Tamsin Connors podía ir vestida como una solterona, pero besaba con todo el ardor que podía desear un hombre.

En esos momentos, era difícil de creer que su aparente inseguridad lo hubiese molestado al principio. Había provocado que hiciese lo que llevaba mucho tiempo queriendo hacer: besarla para que se callase. Al torcerle las gafas, había vuelto en sí, horrorizado con la idea de haberse aprovechado de ella. Era posible que hasta la hubiese asustado.

En cualquier caso, seguía sin entenderla. Era un cúmulo de contradicciones que él quería desenmarañar.

Pero lo que más quería era volver a tenerla entre sus brazos.

Respiró hondo. Una cosa era segura: era la mujer más peligrosa que conocía.

—Quiero disculparme —le dijo—. No tenía que haber hecho eso.

—No, no tenías que haberlo hecho —repitió ella, fulminándolo con la mirada.

—Como te decía, Tamsin —le dijo él—, la ropa no importa. Busco algo más que moda en una mujer.

—Yo no soy la mujer de nadie —replicó ella, levantando la barbilla.

—Tanto mejor —murmuró Alaric—. No queremos tener complicaciones con ningún novio celoso, ¿no?

—De eso no hay peligro.

Tamsin apartó la vista, pero luego añadió:

—¿No estarás hablando en serio?

—Por supuesto que sí.

Ella volvió a mirarlo y respiró despacio.

–Me has dicho que, si pasaba tiempo contigo, obtendría algún beneficio. ¿Cuál?

–¿Qué tal si pongo a tu disposición personal para el trabajo que estás haciendo?

Alaric vio brillar sus ojos y supo que por fin había conseguido llamar su atención.

Ella se mordisqueó el labio inferior.

–¿Y sólo lo harás si me convierto en tu compañera? –le preguntó, haciendo una mueca–. Eso suena a chantaje.

Alaric se encogió de hombros. Bajó la vista a sus labios y recordó su gemido de placer mientras la besaba. Supo que su indiferencia era fingida.

–Si aceptas, tendrás que pasar más tiempo apartada de tu trabajo, pero el personal extra lo compensará. Puedo contratar a dos personas cualificadas para el puesto a tiempo completo.

El rostro de Tamsin se volvió a iluminar.

–Y tal vez quieras acompañarme cuando inaugure la nueva ala del museo nacional. Hay una colección que podría interesarte.

Ella abrió mucho los ojos y Alaric pensó que otras mujeres sólo hacían aquello cuando les regalaba esmeraldas o rubíes.

Tamsin Connors era única. En demasiados aspectos.

–¿Este... acuerdo sólo interrumpiría mi trabajo de manera ocasional?

Alaric apretó los dientes. Estaba acostumbrado a que las mujeres compitiesen por ganarse su atención.

–Eso es.

Ella siguió dudando.

–¿Y sólo estamos hablando de pasar tiempo juntos? ¿Para que nos vean en público?

Él asintió.

–En ese caso...

Tamsin se humedeció los labios con la lengua y Alaric se volvió a excitar.

–En ese caso acepto. Con una condición.

–¿Sí?

–Que no haya más besos. Ni nada... íntimo.

Alaric asintió de nuevo.

–Tienes mi palabra de que no me aprovecharé de ti. No habrá nada íntimo, a no ser que tú me lo pidas.

No tardaría en ponerse de rodillas para rogarle que la besase.

Capítulo 5

LO SIENTO, señora, pero no puede ir por ahí.
Tamsin miró al hombre corpulento que le estaba bloqueando el paso y se cerró más la chaqueta.

–¿Por qué no? –le preguntó.

Iba en dirección al pueblo, ya que necesitaba dar un paseo para aclararse las ideas. Después de días enteros trabajando, ya no era capaz de encontrar la paz en su trabajo.

De hecho, le faltaba esa paz desde que Alaric la había besado cuatro días antes. Desde que le había propuesto que tuviesen una relación falsa, y luego había desaparecido.

Ella lo había esperado cada día, nerviosa, y aquél se había enterado de que se había marchado a la capital.

Y se sentía decepcionada.

Pero sólo porque no podía trabajar en la crónica mientras él estuviese fuera.

–Un derrumbamiento ha sepultado parte del camino.

El hombre no dejó de mirarla, ni tampoco sonrió.

–Tal vez pueda dar un rodeo –le sugirió ella.

–Lo siento, señora, pero el terreno es inestable. No puedo permitírselo.

–Ya veo.

–Pero puedo sugerirle que dé un paseo por un circuito que hay alrededor del castillo.

Tamsin contuvo un suspiro.

–Gracias. Lo pensaré –le respondió sonriendo.

El hombre asintió y ella se dio la vuelta.

Echó a andar y, antes de llegar a la curva del camino, miró hacia atrás. Él seguía allí, observándola mientras hablaba por su transmisor.

Tamsin se estremeció. Debía de estar informando a alguien de sus movimientos y eso le hizo sentir todavía más claustrofobia.

Se detuvo cuando estuvo delante del castillo y se quedó estudiándolo. De repente, vio moverse unas sombras debajo del rastrillo y su pulso se aceleró al reconocer al hombre que iba el primero: alto, proporcionado y de porte aristocrática, que andaba con paso seguro y rostro serio.

Él también la había visto, se giró hacia sus hombres y los despidió.

Y Tamsin sólo pudo pensar en cómo se había sentido entre sus brazos. En la intensidad de su beso.

Todas las noches había dado vueltas y vueltas en la cama, recordando. Imaginando cosas que la dejaban agitada. Intentó no ruborizarse y esperó que Alaric atribuyese el color de sus mejillas al viento helado.

–Tamsin –la saludó, deteniéndose a unos pasos de ella, sonriendo.

Le devolvió la sonrisa y tuvo la sensación de que se había alegrado al verla, aunque se dijo a sí misma que no debía importarle.

–Alaric –le respondió–. ¿Cómo estás? Pensé que estabas fuera.

–Los negocios me han mantenido alejado del castillo hasta hoy.

–Tenemos que hablar de mi trabajo. No he podido acceder a la crónica para seguir traduciendo. Tu personal dice no saber dónde está –comentó indignada.

–Mi prioridad es mantenerla en secreto hasta que confirmemos su autenticidad –le dijo él muy serio–. No obstante, me encargaré de que puedas acceder a ella.

–Gracias.

–¿Te gustaría salir conmigo esta noche?

–¿Adónde? –le preguntó ella en el mismo tono educado.

Él sonrió más y a Tamsin le costó respirar. Era un hombre realmente impresionante.

–A una estación de esquí. Tengo que participar en un evento y cenar allí.

–De acuerdo.

Tamsin echó a andar y él avanzó a su lado.

–Cuidado con el hielo –le advirtió, agarrándola del codo.

Ella se puso tensa y sintió calor, así que intentó sacar algún tema de conversación.

–¿Qué debo ponerme?

Alaric le lanzó una mirada penetrante y fue como si el aire echara chispas entre ambos. Él también estaba recordando.

–Tu ropa me da igual –le había dicho.

Y luego la había besado.

A Tamsin se le aceleró el pulso y luego se preguntó si tal vez aquel beso hubiese significado tan poco para él que ya lo había olvidado.

–Habrá gente con ropa de esquiar y, el resto, irán vestidos para salir de noche. Puedes elegir.

Sus miradas se encontraron y ella sintió calor, era como si se estuviese fundiendo chocolate en su interior.

Pasar tiempo con Alaric tenía que ser el mayor error de su vida, pero, a pesar de sus dudas, no pudo rechazar la invitación de su sonrisa ni el misterio de sus fríos ojos azules.

Aunque la incomodaba, hacía que se sintiese viva.

Tamsin estaba en la terraza de un exclusivo hotel, rodeada de lujos y envuelta por un abrigo de piel largo que le había hecho llegar Alaric justo antes de salir del castillo.

Había estado a punto de protestar cuando había visto la nota que lo acompañaba: *Para que no pases frío esta noche. Era de mi madre. Estoy seguro de que le parecería bien que te lo prestase.*

¿Le había prestado algo de su madre? Era ridículo sentirse tan satisfecha al ver que le había confiado una prenda tan increíble. No obstante, Tamsin también era consciente de que, con mucho disimulo, Alaric se había asegurado de que no desentonase esa noche.

Tamsin observó a las personas que la rodeaban, todas elegantes y algunas conocidas. Bebían champán como si fuese agua. Y las mujeres llevaban unas joyas casi cegadoras incluso a la luz de las lámparas.

Acarició su abrigo. Por el momento no importaba que debajo llevase un vestido comprado en unos grandes almacenes y unos zapatos corrientes, los mejores que tenía.

–¡Ahí vienen!

Todo el mundo parecía entusiasmado y ella se giró también hacia la montaña.

Notó un cosquilleo en el estómago. Era hambre, no nervios porque fuese a llegar Alaric.

–Ahí están.

Tamsin vio una chispa de color en la montaña, que fue creciendo hasta convertirse en un punto del tamaño de una joya que bajaba por la pendiente.

La luna salió de detrás de las nubes para iluminar la imponente forma de uno de los picos más famosos de Europa.

Ella no pudo apartar la vista del arcoíris de colores que iba descendiendo bajo la luz plateada de la noche. Jamás había visto algo igual. La gente murmuró emocionada en distintos idiomas y Tamsin no pudo evitar sonreír, embelesada con el espectáculo.

Un grupo de personas vestidas con ropa tradicional empezó a cantar en una zona llana que había junto al hotel.

Cuando terminaron, Tamsin oyó el soplido de los esquíes sobre la nieve. Había una docena de esquiadores, cada uno con una linterna de color en una mano y una cesta en la otra.

–¿Han bajado esa pendiente sin manos? –preguntó sorprendida.

–Es una tradición –le contestó una mujer vestida con un mono de esquí rojo y adornada con diamantes–. ¿No lo sabía?

Ella negó con la cabeza sin separar la vista del primer esquiador. Alaric. Notó que le temblaban las rodillas y vio cómo él le daba la cesta a una chica rubia que se ruborizaba porque la había mirado. Cada esquiador dio su cesta y, a cambió, aceptó una copa.

–Vino caliente con azúcar y especias –le explicó la mujer a Tamsin.

Se oyó ajetreo mientras Alaric se quitaba los esquíes y echaba a andar con decisión entre la multitud, sonriéndole y mirándola.

–Tamsin –le dijo al llegar a su lado, llevando la copa a sus labios.

Ella aspiró su olor y saboreó el líquido dulce.

Y el calor estalló en su interior y corrió por sus venas. Un instante después, volvió a estallar al ver a Alaric beber de la misma parte de la copa que había bebido ella, sin separar la mirada de la suya.

Tamsin supo que el príncipe estaba actuando, pero una parte de ella deseó que el mensaje que había leído en sus ojos fuese real. ¡Debía de estar volviéndose loca!

Sentada a una mesa que había junto a una ventana, Tamsin intentó relajarse, pero era imposible estando con Alaric, mirándola como un depredador desde el otro lado de la mesa.

–Háblame de la noche de esquí. ¿Es una tradición muy antigua?

–Data del siglo XVII. La gente del lugar lleva representándola desde entonces.

–¿Qué es lo que representan?

–Fue el peor invierno de todos los tiempos. Las avalanchas incomunicaron el valle y el fracaso de las cosechas hizo que hubiese mucha hambre. Un grupo de hombres, desesperados, decidieron salir a por provisiones a pesar de las tormentas de nieve. Por suerte, una de las avalanchas también había hecho caer rocas y había abierto un nuevo camino para salir del valle. Semanas más tarde, los hombres volvieron con provisiones. Desde entonces, se ha conmemorado su hazaña, la salvación del pueblo.

—¿Y el vino?

—Es sólo para hacer entrar en calor a los esquiadores —le respondió él con los ojos brillantes.

—¿Eso es todo?

—¿No pensarás que te he unido a mí con algún rito antiguo? ¿O que estamos comprometidos?

A Tamsin le ardieron las mejillas.

—¡Por supuesto que no!

—No te preocupes —añadió Alaric en un susurro, antes de tomar su mano—. He hecho lo que he hecho con un fin, y creo haber logrado lo que pretendía. ¿Tú qué opinas?

—Que todo el mundo ha entendido el mensaje —respondió ella, sacando la mano de debajo de la de él y apoyándola en su regazo, consciente de que el resto del restaurante los observaba.

Él levantó su copa de vino para brindar.

—Porque alcancemos más éxitos.

Tamsin levantó la suya a regañadientes.

—Y porque esto termine pronto.

Alaric sonrió al verla beber el vino. Tamsin Connors le gustaba, y no sólo porque su presencia fuese refrescante después de tantas mujeres deseosas de cazarlo.

Le agradaba estar en su compañía, incluso cuando se ponía quisquillosa. Y esa noche el brillo de sus mejillas le daba una suavidad que no pegaba nada con su estricto peinado y aquel vestido tan insulso.

Su silencio la ponía nerviosa, porque había cambiado de postura en la silla. No obstante, no intentó romperlo. Cuando estaba nerviosa era cuando más se mostraba como era en realidad. Y Alaric necesitaba entenderla, averiguar hasta dónde podía confiar en ella.

–Hay una manera de resolver nuestro problema –comentó Tamsin–. Sólo tienes que enamorarte de una princesa y casarte con ella. Después ya no volverán a molestarte.

A Alaric no le gustó oír aquello. Agarró su copa con fuerza.

–No tengo prisa para casarme. Además, el príncipe de Ruvingia jamás se ha casado por amor –replicó.

Por un instante, se permitió recordar a su hermano, la única persona con la que había tenido una relación cercana. Casi no había existido el amor en sus vidas y, cuando lo había hecho, había sido destructivo. Felix había creído encontrarlo, pero había terminado llevándose una decepción.

Alaric apartó bruscamente aquellos pensamientos de su mente.

–¿Y las princesas de Ruvingia, se casan por amor?

–No si saben lo que les conviene –le respondió él.

Tamsin, que había esbozado una sonrisa, se puso seria.

Y él se sintió como si acabase de darle una patada

a un gatito. Se pasó una mano por el pelo e intentó decir algo que cambiase aquella mirada de dolor.

–Los matrimonios reales suelen ser concertados. Siempre ha sido así.

Hasta que su hermano Felix había cometido el error de pensar que estaba enamorado.

–¿Incluso el de tus padres? ¿Tampoco había amor en el suyo?

Era evidente que Tamsin Connors era una romántica.

–Mis padres se casaron porque así lo decidieron sus familias. Yo casi no me acuerdo, pero dicen que mi madre estaba perdidamente enamorada de mi padre, a pesar de haber sido un matrimonio concertado.

–¿Murió cuando eras pequeño? Lo siento.

Él se encogió de hombros. Uno no echaba de menos lo que no había llegado a conocer. No sabía lo que era el amor materno.

–Debió de ser muy duro para tu padre, tener que sacar adelante a su familia solo.

Alaric se dio cuenta de que no quería que le contase los detalles, sólo le estaba expresando su comprensión.

–Mi padre tenía mucha ayuda. Criados. Tutores. Como quieras llamarlo.

Al pensar en su niñez se dijo que su padre sólo había aparecido de vez en cuando para recriminarle el no ser capaz de estar a la altura de su hermano de pelo dorado. Según se rumoreaba, sólo se había acostado con su mujer el tiempo necesario para concebir un par de herederos, y siempre le había prestado muy poca atención a su hijo pequeño.

–Aun así –añadió Tamsin–, seguro que echaba mucho de menos a tu madre. Aunque no se hubiese casado con ella por amor, seguro que había terminado por importarle.

Alaric negó con la cabeza.

–No perdió el tiempo a la hora de reemplazarla.

–¿Se volvió a casar?

–No, sólo se aseguró de tener siempre a alguna mujer calentándole la cama. Era un hombre guapo y no le era difícil atraer a las mujeres.

La gente decía que Alaric se parecía a él.

Tal vez la catástrofe ocurrida con Felix hubiese sido producto de ese éxito con las mujeres.

No había duda de que, él, como su padre, jamás había estado enamorado. Tal vez incluso fuese incapaz de amar. No como Felix. Y como su madre, que había muerto con el corazón roto.

–Ya entiendo.

Alaric dudó que lo entendiese.

Capítulo 6

GRACIAS por venir, Alaric. Quería hablar contigo antes de exponer los planes de expansión al resto de la junta.

Alaric se giró. No posó la vista en la cicatriz que desfiguraba el rostro de Peter. Había aprendido a no hacerlo, ya que sabía que su camarada no deseaba que se compadecieran de él. No obstante, no pudo evitar volver a sentirse culpable.

–Es un placer –le contestó, obligándose a sonreír–. Ya sabes que siempre tengo tiempo para el centro de jóvenes. Ojalá hubiese habido algo así cuando nosotros éramos niños.

Peter se encogió de hombros.

–El ejército nos salvó de convertirnos en dos adolescentes salvajes.

Alaric pensó en lo rebelde que había sido.

–Tal vez tengas razón. Además, la carrera militar se considera una profesión aceptable para los segundos hijos, que siempre están de más.

–Tú nunca has estado de más.

Alaric se encogió de hombros. Era cierto, pero prefería no seguir hablando de temas familiares.

–Por cierto, me gusta tu Tamsin. Es diferente de tus otras novias –añadió Peter.

Él estuvo a punto de responderle que todavía no era su novia.

–Sí, es diferente.

Por eso le fascinaba. Porque era un enigma. En cuanto lo resolviese, podría volver a dormir por las noches.

Entraron en el amplio gimnasio cubierto y vieron a una multitud reunida debajo de la pared de escalada. No había rastro de Tamsin. La última vez que la había visto, había estado probando un programa de ordenador nuevo con un par de jóvenes desgarbados.

Entonces se dio cuenta de que iba escalando por la mitad de la pared.

Se quedó observándola, divertido, pero luego se preguntó si la habrían retado a hacer aquello.

–¡Así se hace, Tamsin! –gritó uno de los jóvenes que sujetaba la cuerda de seguridad.

Alaric se acercó enfadado. Con los chicos, por haberla obligado a hacer aquello. Y consigo mismo, por haber permitido que ocurriese.

Pero se detuvo bruscamente al ver que Tamsin seguía subiendo poco a poco.

Se había puesto un casco, pero estaba descalza y con los pantalones remangados, dejando a la vista sus esbeltas pantorrillas. El arnés que la sujetaba enmarcaba su trasero, lo que hizo que se le acelerase el pulso todavía más.

Tamsin se movía con gracia. Sólo le faltaba un metro para llegar a lo más alto. Cuando lo hizo, todo el mundo aplaudió y ella rió feliz.

Alaric observó cómo bajaba.

–Ha sido increíble –gritó ella, mirando por encima de su hombro. Entonces lo vio y se le escurrió un pie.

–Estoy aquí –dijo Alaric acercándose más–. Bajadla.

Y un momento después la tenía entre sus brazos. Se le aceleró todavía más el pulso al sentir su cuerpo curvilíneo contra el de él.

–Gracias, ya puedes dejarme en el suelo –le sugirió ella casi sin aliento, con los ojos ambarinos brillantes como el sol.

Se la imaginó mirándolo así, pero tumbada debajo del dosel azul de su cama, desnuda entre sábanas de seda, esperando a que le diese placer.

Se excitó y el sonido de los aplausos hizo que le ardiese la sangre.

Tamsin se movió, apartó la mirada de la de él e intentó quitarse el casco. Cuando lo consiguió, su melena morena quedó libre y su olor a flores silvestres lo golpeó.

Y Alaric pensó que, mejor que en la cama, le habría hecho el amor sobre la hierba.

–Alaric –le dijo ella con voz ronca–. Por favor...

Y él pensó que quería oír cómo lo decía su nombre, pero cuando estuviese llegando al clímax.

Muy a su pesar, la dejó en el suelo, pero todavía más seguro de su objetivo. Estaba decidido a tener su cuerpo.

–Dame un momento de tu tiempo antes de entrar.

Tamsin se detuvo en la puerta que conducía a las

habitaciones de servicio del castillo. Se giró despacio y lo miró con interés. Estaban a solas.

Su mirada le recordó a la noche en que la había besado. Y a cómo se había sentido una hora antes, cuando había estado entre sus brazos.

Un escalofrío la recorrió de pies a cabeza.

−¿Sí?

Él se acercó más, calentándole la frente con su aliento.

−¿Por qué llevas esas gafas? No las necesitas.

Tamsin retrocedió, pero dio con la puerta. Se sentía incómoda y, al mismo tiempo, encantada de tenerlo tan cerca. Jamás se había sentido así con Patrick y no podía ser normal sentir aquel calor entre las piernas, ni tener semejante nudo en el estómago.

−¿Tamsin?

−¿Mis gafas? −repitió ella, volviendo bruscamente a la realidad.

−No las necesitas tanto. Te las quitaste para jugar al squash y para escalar. ¿Por qué no te las quitas también cuando no estás trabajando?

−Hace años que las llevo.

−Entonces, tal vez haya llegado el momento de que salgas de detrás de ellas −le sugirió Alaric.

Luego levantó la mano y Tamsin pensó que se las iba a quitar él, pero, en su lugar, le apartó un mechón de pelo de la cara.

−¿Qué más te da? −le preguntó ella, bajando la cabeza.

−Sólo me preguntaba por qué te escondías detrás de ellas.

Tamsin se puso tensa.

–¡No me escondo! –exclamó.

Pero pensó en ello y se preguntó si no sería verdad, que se había escondido detrás de las gafas desde los años de universidad.

–¿Tamsin?

–¿Querías algo más? –le preguntó ella, poniéndose más recta y mirándolo a los ojos.

–La verdad es que sí –le respondió Alaric sonriendo–. Voy a dar un baile de invierno.

–¿Otro baile? ¡Si acabas de celebrar uno!

–¿No te parece bien?

–Sólo me parece un poco...

–¿Excesivo? –sugirió él encogiéndose de hombros–. La semana pasada hubo sólo unos ochenta invitados. El baile de invierno es diferente. Se ha celebrado todos los años desde hace cuatro siglos, todos, menos uno.

–¿Durante la guerra?

Alaric se puso serio.

–No, salvo el año de la muerte de mi hermano.

Tamsin se quedó helada al oír aquello.

–Lo siento mucho, Alaric.

–Gracias –respondió él en tono frío–. El caso es que, en este baile, es donde más agradecería tu presencia.

–Por supuesto.

Tamsin no cuestionó su decisión. Si quería que lo acompañase, allí estaría.

–Bien. Gracias. Mañana irá a verte un estilista y podrás elegir qué ponerte.

–Pero si...

–Considéralo un gasto necesario para tu trabajo.

Yo te necesito y tú necesitas un vestido. A no ser que ya tengas uno.

Tamsin negó con la cabeza. Jamás había tenido un vestido de fiesta.

Alaric se inclinó hacia ella, que notó que se le aceleraba el corazón y se le doblaban las rodillas.

–Déjamelo a mí –le dijo él en un seductor susurro–. Tú sólo relájate y disfruta.

Capítulo 7

TAMSIN se llevó una mano al pelo, pero la bajó antes de tocárselo, no quería deshacerse el elegante moño que le habían hecho.

El estilista que había vuelto aquella noche a verla había hecho mucho más que ayudarla a ponerse el vestido. La había transformado en una mujer que le resultaba irreconocible. En una mujer atractiva, cosa que no había sido nunca.

Había escogido un vestido de seda rojo, con detalles en color ámbar y dorado, que no se parecía en nada al resto de la ropa que tenía. Nada más ponérselo, se había sentido... especial. Y sus últimos escrúpulos se habían desintegrado al mirarse al espejo.

El corpiño, que dejaba sus hombros desnudos, era femenino y elegante. Pensó que tal vez fuese superficial sentirse estupendamente al verse guapa, pero no le importó. Era una experiencia nueva y estaba emocionada. ¡Se sentía capaz de comerse el mundo!

Llevaba semanas apareciendo en la prensa al lado de Alaric y en todos los artículos surgía la pregunta de qué había visto Alaric en una mujer como ella.

Tamsin se había sentido tentada a poner fin a aquella farsa, pero no lo había hecho porque se sentía bien cuando estaba con él.

En esos momentos, por primera vez, supo que estaba a la altura de acompañar a un príncipe. Estaba... atractiva.

Según el estilista, lo que hacía que estuviese más guapa esa noche era el brillo de su piel y de sus ojos.

Tamsin pensó que se lo había dicho para darle seguridad en sí misma. Ya que, sin aquel vestido y sin maquillaje, seguía siendo la misma. Se giró delante del espejo y se dijo que el brillo de sus mejillas se debía sólo al color del vestido.

Porque sólo había otra explicación posible, que fuese porque estaba emocionada con la idea de pasar la noche con Alaric, e incluso de bailar con él.

Entonces se dijo que no podía seguir por ahí. No podía hacerse ilusiones.

En ese momento sonó el teléfono y ella agradeció la interrupción.

—Tamsin, ¿cómo estás, querida?

Ella se puso tensa al instante.

—¿Quién es?

—Cariño, soy Patrick. ¿Todavía sigues disgustada conmigo? ¿Acaso no me disculpé?

—Es un poco tarde para una llamada de trabajo —le dijo ella con naturalidad.

—¿Por qué piensas que llamo por trabajo?

—¿Qué quieres, Patrick?

Él suspiró y luego le contó los resultados de las pruebas realizadas en los textos que le había enviado. Y ella se emocionó al oír la noticia.

¡Había sabido que era especial! Y ya tenía la prueba.

No obstante, tenía que ser cauta y asegurarse de que Alaric debía ser el siguiente rey de Maritz, porque que el documento datase de la época adecuada no quería decir que su contenido fuese cierto.

Además, a Alaric no le había hecho mucha gracia la noticia. ¿De verdad no quería ser rey?

–¿Tamsin? ¿Sigues ahí?

–Por supuesto. Estoy deseando leer tu informe. Gracias por haberme llamado.

–Te estaba diciendo que parece que has dado con unos documentos muy interesantes.

–Sí –se limitó a contestar ella.

–Tal vez necesites ayuda de algún experto de aquí, con quien puedas trabajar bien. Yo tengo mucho trabajo, pero por ti podría...

–¡No! No será necesario.

–Tamsin –le dijo él en tono camelador–. Sé que te hice daño y me he arrepentido desde entonces. Podría ir allí y retomaríamos lo nuestro donde lo habíamos dejado. Estoy preocupado por ti. A veces, las personas despechadas actúan de manera impulsiva.

Tamsin se preguntó si se estaría refiriéndose a lo que decía la prensa de su relación con Alaric. ¡Qué cara tan dura! ¿Cómo había podido fijarse en él?

–No, Patrick. Te lo agradezco, pero está todo bajo control. El equipo es excelente. No obstante, si veo que vamos a necesitar más ayuda, te llamaré.

–Pero...

–Lo siento, tengo que marcharme.

Colgó el teléfono y se pasó las manos temblorosas por la suave tela del vestido. Intentó recuperar el buen humor de un rato antes, pero no pudo.

Estaba harta de que la utilizasen. Primero, Patrick, y en esos momentos, Alaric.

Estaba cansada de esconderse. De que nadie se fijase en ella como mujer.

Se quitó las gafas y las dejó encima de una mesa. Luego puso los hombros rectos y salió de la habitación con la cabeza bien alta.

Alaric veía aquellos bailes como un mal necesario. Hasta que se giró después de haber saludado a un embajador y a su esposa y la vio.

Estaba arrebatadora.

No necesitaba joyas, brillaba por sí misma. Tenía una piel perfecta, llevaba algo de brillo en los labios y el pelo moreno recogido de manera informal, como si acabase de salir de la cama. Como si fuese a caer en cualquier momento sobre sus hombros desnudos.

Y se había quitado las gafas y sus ojos brillaban más que nunca.

Alaric siempre había sabido que había estado escondiendo a la verdadera mujer que había en ella, pero no se había preparado para algo así.

Iba hacia él y el resto de los hombres también la estaban mirando, Alaric deseó advertirles que mantuviesen las distancias.

—Tamsin —consiguió decir—. Me alegro de verte.

—Hola, Alaric —respondió ella en voz baja, haciendo que su libido cobrase vida propia.

Él le apretó la mano y se preguntó qué pasaría si se la llevaba de allí en ese instante y no volvían.

—Siento llegar tarde —añadió ella.

—No llegas tarde. Entra en el salón, que enseguida iré yo.

Tamsin asintió y él se giró para seguir dando la bienvenida a sus invitados. Jamás le había sido tan difícil concentrarse en sus obligaciones.

Socializar en un baile real era más fácil de lo que Tamsin había imaginado. Sonrió, bebió champán y escuchó las conversaciones de la gente que la rodeaba.

–¿Te estás divirtiendo? –le preguntó Peter, el agradable coordinador del centro de jóvenes.

–¿Cómo no iba a divertirme? He conocido a personas increíbles y me encanta bailar.

Hasta esa noche no había sabido que le gustaba tanto bailar. Miró a Peter, que iba vestido de uniforme. Parecía un soldado de dos siglos antes, de aspecto imponente, salvo por la cicatriz que tenía en la cara y en el cuello.

Él rió.

–A todas las chicas les gusta el uniforme.

–Lo siento. ¿Te he mirado fijamente? –preguntó ella sonriendo–. Es que no es habitual ver un uniforme así.

–Es el uniforme de gala, sólo lo utilizamos en estas ocasiones. En especial, porque triunfa entre las señoras. Al campo de batalla vamos con trajes de camuflaje.

Tamsin vio un par de parejas en la pista de baile. Allí estaba Alaric, con una delicada rubia entre sus brazos.

Ella sintió algo. ¿Celos? La posibilidad la horrorizó.

Ya habían pasado varias horas desde el comienzo

del baile y Alaric sólo había bailado con ella en una ocasión, y la había tratado como si fuese una tía solterona. No la había agarrado tanto ni le había sonreído como a aquella rubia.

–¿El príncipe también? Seguro que en el campo de batalla no va de camuflaje.

–¿Alaric? ¿No sabes...? –empezó Peter sorprendido.

–¿El qué?

Él se encogió de hombros.

–¿Quieres decir que Alaric también es un soldado real? Pensé que llevaba el uniforme por su posición, porque formaba parte de la realeza.

–Alaric se ganó su grado a pulso. Era nuestro oficial al mando, y uno muy bueno, pero es una gran responsabilidad, sobre todo para un hombre tan comprometido como él, y aún más cuando las cosas salen mal.

Peter se llevó la mano a la cicatriz.

–Lo siento –le dijo ella–. No tenía que haber sacado esta conversación.

–¿Por esto? –le preguntó él sonriendo–. No te preocupes. Hay cosas peores, créeme.

Luego miró hacia donde estaba bailando Alaric.

–Algunas cicatrices van por dentro. Al menos la mía ya está curada.

De repente, Tamsin recordó el día en que el príncipe había salvado a un niño en el mercado. Su expresión había sido de dolor o de sorpresa. Se había quedado rígido, con la mirada perdida.

–¿Tamsin?

–Lo siento –le dijo ella, girándose y viendo que Peter le tendía la mano.

–¿Te gustaría bailar?

–Me encantaría.

Durante la siguiente hora, bailó con unos y otros e intentó no mirar hacia donde estaba Alaric, siempre en compañía de las mujeres más guapas del salón. Finalmente, Tamsin fue con su última pareja de baile a tomar una copa de champán y a charlar a un rincón.

Era director de un periódico nacional, guapo y divertido. Y la miraba con interés.

–¿Puedo interrumpir?

Al oír la pregunta, el hombre dejó de hablar.

–Por supuesto, Su Alteza –le dijo un segundo después.

Tamsin se giró a regañadientes. Alaric la miró a los ojos y ella notó calor por todo el cuerpo.

–Tamsin, éste es nuestro baile.

Ella intentó decirse que le daba igual que hubiese ido a buscarla después de tanto rato, pero lo cierto fue que le dio un vuelco el corazón.

–Ya hablaremos luego, Tamsin –le dijo el otro hombre, tomando su copa de champán.

Alaric la agarró con fuerza de la mano y a ella se le aceleró el corazón. ¡Qué tontería! Ya había bailado antes con él, pero entonces casi ni la había mirado, en esos momentos, casi la traspasaba con la mirada.

–Veo que has hecho un nuevo amigo –comentó él, poniendo la mano en su cintura.

Tamsin respiró hondo y apoyó la suya en su hombro. Aquello era sólo un baile. Para que los viesen juntos.

–Sí, varios en realidad. Todo el mundo ha sido muy agradable conmigo.

–Ya lo he visto. Has ido pasando de mano en mano toda la noche –espetó él.

–Tus instrucciones fueron sólo que asistiese al baile –replicó indignada–. No sabía que no podía socializar.

–¿Así lo llamas? –inquirió él, haciéndola girar.

–¿Tienes algún problema, Alaric? –preguntó ella, diciéndose a sí misma que estaba sin aliento por la rapidez del baile, no porque se sentía... llena de júbilo.

–Por supuesto que no, pero no me gustaría verte sufrir.

–¿Sufrir?

La música terminó y ellos se detuvieron, pero Alaric no la soltó. Se quedaron en medio de la pista de baile.

–No me gustaría que confundieses la hospitalidad de mis paisanos con otra cosa.

–¿Qué estás insinuando? ¿Que ningún hombre querría estar con una mujer como yo? ¿Que no soy lo suficientemente interesante? ¿O que soy demasiado sencilla?

De repente, toda la noche se estaba estropeando. Tamsin intentó zafarse de él, pero Alaric no se lo permitió.

–Por supuesto que no. Estás malinterpretando mis palabras.

La música empezó a sonar de nuevo y la pista volvió a llenarse de parejas elegantes, bellas.

Aquél no era su lugar.

–Déjeme marchar, Su Alteza. Ya hemos bailado.

Él no se movió, pero Tamsin lo vio respirar hondo.

–He dicho...

Alaric murmuró algo entre dientes, algo que Tamsin no entendió, y luego la apretó contra él y la hizo girar.

En esa ocasión sus cuerpos estaban pegados. Tamsin tenía las manos apoyadas en su pecho y el corazón acelerado. El de él también latía con fuerza debajo de su palma y, a pesar del enfado y el dolor, Tamsin se excitó.

–Ya hemos bailado suficiente –le dijo. Aquello era demasiado peligroso.

–Tonterías. Te encanta bailar. Te he visto sonreír toda la noche.

¿Toda la noche? Eso quería decir que había estado observándola.

–Supongo que le costará creerlo, pero no todas las mujeres se mueren por bailar con Su Alteza. Quiero parar.

–Te dije que me llamases Alaric –respondió él, bajando la mano que tenía en su cintura y apretándola con más fuerza.

–Alaric –dijo ella en un susurro.

–Eso está mejor –le contestó él, hablando contra su pelo–. Me gusta cuando dices mi nombre.

La hizo girar una vez más y la sacó de la pista de baile. Luego, la hizo salir por una puerta abierta que había a su izquierda. Antes de que Tamsin se diese cuenta, habían entrado en una habitación poco iluminada.

Oyó que cerraba la puerta y notó el cuerpo de Alaric detrás de ella.

–¿Qué crees que estás haciendo? –le preguntó.

Tenía que haberlo dicho con indignación, pero lo hizo con voz débil.

–Tenerte para mí solo –respondió él, tomando su rostro con ambas manos y haciendo que levantase la barbilla–. Te he estropeado la noche. No pretendía hacerlo.

Se inclinó hacia delante y apoyó la frente en la de ella, enterrando las manos en su pelo. Y Tamsin se estremeció.

–¿Por qué? –le preguntó con voz temblorosa, sin oponer resistencia.

–Porque estaba celoso. Desde que te he visto esta noche, te he querido sólo para mí.

Tamsin se quedó de piedra al oír aquello. No podía ser verdad.

–No lo entiendo. Me has evitado durante casi toda la noche.

–O hacía eso, o me pasaba la noche pegado a ti. No había término medio y, dadas las circunstancias, creo que he tenido un autocontrol digno de admiración.

Bajó las manos por su garganta y le acarició los hombros.

–Cada vez que te he visto sonreír a otro he deseado que fuese a mí a quien sonrieses. Y a nadie más. ¿Eres consciente de lo impresionante que estás esta noche?

¡No podía estar hablando en serio!

Y Tamsin no podía pensar con sensatez cuando la tocaba así. Necesitaba pensar, entender.

–Por favor, Alaric, yo...

–Quiero complacerte. ¿Qué tal así?

Bajó las manos por el corpiño y ella notó que se le endurecían los pezones y no podía respirar.

La sensatez ya no importaba, teniendo su boca tan cerca.

—Te prometí que no te besaría, así que pídeme tú que lo haga —le susurró Alaric.

Capítulo 8

ALARIC se le iba a salir el corazón del pecho mientras esperaba su respuesta.

En parte estaba furioso porque Tamsin había logrado traspasar el muro que había levantado a su alrededor. El muro que había empezado a construir el día que había aprendido que sus aventuras debían ser breves y sin emoción.

¡Sabía lo peligrosas que eran las aventuras imprudentes!

Pero aquello era diferente.

Era más que un coqueteo para tener controlada a aquella mujer. Mucho más que una manera de vigilar a quien podría formar parte de un plan para debilitar al gobierno, aunque no lo creyese posible.

Era un deseo salvaje.

Jamás había sentido algo tan intenso por una mujer.

No quería emociones. No quería sentir, pero estaba funcionando a un nivel primitivo. Se estaba dejando llevar por sus instintos.

Respiró hondo y se embriagó con su aroma. Sin pensarlo, inclinó la cabeza hacia la curva de su cuello y le mordisqueó la piel.

—¡Alaric! —le dijo ella con voz temblorosa.

–¿Umm? No te estoy besando –le respondió él justo antes de tomar con la boca el lóbulo de su oreja.

–Alaric. No –repitió Tamsin en un susurro, incitándolo todavía más.

Él empezó a descender por su cuello y no pudo resistirse a tomar sus pechos con ambas manos. Entonces notó que Tamsin lo agarraba por la mandíbula y hacía que levantase el rostro. Un segundo después se estaban besando desesperadamente.

Sus lenguas se unieron y ella notó que se derretía, gimió de placer mientras Alaric le acariciaba los pechos y ponía la rodilla entre sus piernas para que las separase. Tamsin arqueó la espalda y se apretó contra él, como si nada de aquello fuese suficiente.

Y él la necesitaba. En ese instante.

Alaric buscó la cremallera del corpiño y se lo aflojó. Tamsin respiró hondo, pero no protestó ni siquiera cuando sus pechos quedaron libres.

Él se empapó de su piel blanca, de sus pechos perfectos y erguidos, como demandando su atención.

Notó que su erección crecía y estuvo a punto de gemir al notar que Tamsin apretaba las caderas contra él. Necesitaba que sus pieles entrasen en contacto.

Sonrió y le besó los pechos, haciéndola gemir.

–Deja de jugar –le pidió Tamsin con voz ronca y temblorosa–. Hazlo.

Él tomó un pezón con su boca y sintió calor por todo el cuerpo. Notó cómo arqueaba el cuerpo, pero se dijo que todavía no iba a hacerlo. Era un placer disfrutar de Tamsin.

Pasó al otro pecho e hizo lo mismo.

Y luego empezó a levantarle la falda con torpeza.

No podía esperar más.

La besó en los labios mientras buscaba con las manos y descubría que llevaba medias.

Deseaba tumbarla en una cama y devorarla con los ojos antes de continuar, pero no tenían tiempo. Era tal su erección que no sabía si iba a poder quitarse los pantalones sin hacerse daño.

Llegó a las braguitas de algodón que había debajo de las medias, unas braguitas húmedas de deseo y notó que Tamsin buscaba con la mano la cremallera de sus pantalones.

—No —le dijo, apartándole la mano.

Quería que llegase ella al clímax, verla derretirse de placer con sus caricias y sólo entonces hacerlo él.

Metió las manos por debajo del algodón, atraído por su calor.

Una explosión surcó el cielo de la noche y Alaric se puso tenso, sonaba a fuego de artillería. El miedo y la adrenalina corrieron por su sangre.

Cuando se oyó la segunda explosión abrió los ojos y vio luces de colores. Se sintió tan aliviado que perdió las fuerzas.

Bajó la cabeza e intentó calmarse. Era un alivio no seguir viviendo la pesadilla de los conflictos armados, pero aun así se sentía fuera de control por el deseo.

—¿Qué es eso? —le preguntó Tamsin, tan asustada como él.

Un par de minutos más y sería suya, pero el esfuerzo por aguantar le hizo temblar. Le arrugaría y le mancharía el vestido, y los invitados al baile los mirarían cuando saliesen de allí, pero a él le daba igual.

Los comentarios serían mucho más duros para Tamsin. Y no podía hacerle algo así.

Le había fallado a Felix. Había fallado a sus hombres, pero al menos en esos momentos podía hacer lo correcto.

–Fuegos artificiales –murmuró–. Al final del baile hay fuegos artificiales y un brindis.

Tenía que salir de allí. No podía tomar a Tamsin, por mucho que la desease. Sacó la mano de entre sus piernas y dejó que su falda cayese. Se apartó y le dijo:

–Gírate.

Ella obedeció.

Alaric observó su espalda desnuda, la vulnerable curva de su cuello y estuvo a punto de ceder a la tentación otra vez, pero una nueva explosión que tiñó el cielo de verde hizo que volviese a la realidad. A su obligación.

Tardó un minuto en colocarle el vestido con manos temblorosas. Luego, se acercó a la ventana.

–Tengo que irme. Si no estoy para el brindis, todo el mundo se pondrá a especular.

Se pasó la mano por el pelo y se dio cuenta de que olía a ella. La bajó y volvió a hacer un esfuerzo por no acercarse de nuevo.

–Por supuesto. Lo comprendo –respondió Tamsin.

–¿Estarás bien? –le preguntó Alaric, todavía dándole la espalda.

Tamsin se preguntó por qué no la miraba.

Era ella la que se sentía avergonzada. Él ya tenía la fama de playboy.

–Estoy bien –mintió en un murmullo, temblando y apoyándose en la pared.

Se sentía como si alguien hubiese poseído su cuerpo y le hubiese hecho actuar por instinto.

¿O era posible que aquélla fuese la verdadera Tamsin, libre de las limitaciones que se había impuesto durante toda la vida?

Tal vez aquello fuese el resultado de una vida sin amor ni demostraciones de afecto.

Respiró hondo. Había decidido que, a partir de esa noche, sería una mujer nueva, ¡pero no había pretendido llegar tan lejos!

Miró hacia donde estaba Alaric y pensó que no había imaginado que éste admitiría haber sentido celos, ni que la deseaba.

Aun así, no se sentía bien, quería que la abrazase y que siguiese dándole placer. Quería que le sonriese y le hiciese sentir mejor.

¡Qué la escuchase! Era una mujer adulta, no una niña.

Llamaron a la puerta y ella se sobresaltó, pero Alaric se giró tranquilamente, como si lo hubiese esperado.

La traspasó con la mirada, haciendo que le ardiesen las mejillas.

Tamsin se llevó las manos al pelo, para asegurarse de que las horquillas seguían en su sitio, y pasó las manos por el vestido para alisárselo, pero no pudo moverse de donde estaba porque le temblaban demasiado las rodillas.

–Adelante –ordenó Alaric.

Un camarero abrió la puerta.

–Su Alteza. Señora –dijo inclinándose–. Siento molestarlos, pero los invitados ya están reunidos en la terraza. Los fuegos artificiales terminarán dentro de cinco minutos.

Alaric asintió.

–Bien, estaré allí para el brindis –respondió–. Por favor, acompañe a la doctora Connors a su habitación. Está agotada después de tanto bailar y no conoce bien el camino desde esta parte del castillo.

El hombre asintió, impávido. Y eso hizo que Tamsin se sintiese todavía peor. ¿Tendría Alaric la costumbre de seducir a mujeres en aquella habitación? Dada su fama, sus criados debían de estar acostumbrados a aquel tipo de situaciones.

–Doctora Connors –dijo Alaric, inclinándose hacia ella.

–Su Alteza –le respondió ella, incapaz de hacerle una reverencia.

Alaric salió por la puerta como un soldado que estuviese desfilando y ella dijo que allí se terminaba su sueño.

Era la hora de que Cenicienta volviese a casa.

Se estaba quitando la chaqueta en su habitación cuando oyó que llamaban a la puerta. ¿Podría ser ella? ¿Habría ido a terminar lo que habían empezado? Se le aceleró el pulso y todo su cuerpo se puso en tensión.

Había ido a cambiarse el uniforme, para ir a verla después, así que acababa de ahorrarle el paseo.

–Adelante.

Ver entrar a su jefe de seguridad lo sorprendió y lo decepcionó al mismo tiempo.

–Siento interrumpirlo, señor, pero nos pidió que controlásemos las llamadas de la doctora Connors. Tiene que oír esto.

Alaric supo que no quería oírlo.

–¿De cuándo es la grabación? –preguntó.

–De antes del baile, señor.

–Muy bien. Déjelo ahí –le pidió Alaric, señalando hacia la mesa–. Y márchese.

–Sí, señor.

La puerta se cerró y Alaric volvió a quedarse solo. Suspiró despacio y se recordó a sí mismo cuáles eran sus responsabilidades.

Después de oír la grabación, se levantó y fue a mirar por la ventana.

Tamsin y Patrick. Le habían informado de que habían sido compañeros de trabajo, pero no había quedado claro hasta dónde había llegado su relación. Ya lo sabía.

Habían sido amantes.

Se le hizo un nudo en el estómago al imaginar a Tamsin en brazos de otro hombre. En su cama. Apretó la mandíbula y deseó hacer algo violento. Por suerte, aquel hombre estaba lejos de allí, en Inglaterra.

Luego pensó en el resto de la conversación. Al parecer, el documento era auténtico.

Él era el heredero de la corona de Maritz.

No era posible, la nación merecía a alguien mejor.

Sintió náuseas e inclinó la cabeza. Aquél era su castigo por haber fracasado.

Se imaginó dándole la noticia a Raul. Era su primo quien debía ser el monarca, no él.

Él ya le había usurpado su sitio a su hermano. ¿Cómo iba a hacerle lo mismo a Raul?

Pero no tenían elección. Los dos habían sido educados para asumir sus responsabilidades y hacer frente a sus obligaciones.

Pero no lo haría esa noche. Antes habría que hacerle más pruebas al documento, tendría que hablar con su primo.

Sacudió la cabeza. Esa noche no podría ir a perderse entre los brazos de Tamsin, por mucho que lo desease. Tenía cosas más importantes que hacer.

Observó cómo empezaba a nevar fuera y se dijo que la aislaría hasta que todo estuviese solucionado. Al fin y al cabo, el secuestro era una experiencia heredada en su familia.

Capítulo 9

BUENOS días, Tamsin.

Su ayudante abrió mucho los ojos al ver allí al príncipe y ella se puso tensa y notó calor en las mejillas al oír su voz.

Luego se giró. Había pasado toda la noche despierta, intentando encontrar sentido a lo que había ocurrido en el baile. Durante varias horas, había tenido la esperanza de que Alaric fuese a verla.

Al amanecer, se había dado cuenta de que no lo haría y se había sentido desolada.

—Hola... —dijo, sin saber si llamarlo por su nombre o no.

Vio algo en sus ojos, pero no supo interpretarlo.

—¿Qué tal está hoy? —le preguntó él en tono educado.

—Bien, gracias —le respondió—. ¿Ha venido a ver cómo progresa la investigación?

Luego le hizo un gesto para que entrase con ella a su pequeño despacho. Prefería que nadie escuchase su conversación.

—En parte, sí. ¿Por qué? ¿Quieres contarme algo?

Tamsin abrió la boca, pero luego volvió a cerrarla y frunció el ceño.

La noche anterior no había tenido oportunidad de hablarle de la llamada de Patrick y, en esos momentos, dudó. Sabía que Alaric no quería la corona. Fuese cual fuese el motivo, era una pena.

–Estoy avanzando mucho con el nuevo equipo –comentó mientras ordenaba su mesa.

–Excelente –dijo él–. ¿Y la crónica? ¿Habéis encontrado algo interesante en las traducciones?

–No –respondió ella, diciéndose que no le estaba mintiendo.

El silencio de Alaric hizo que levantase la mirada en su dirección.

–Pronto podré darte más información.

–Bien –respondió él, pasando un dedo por uno de los catálogos.

Tamsin lo observó y recordó cómo la había acariciado a ella la noche anterior. Se estremeció y, de repente, se perdió en la intensidad de su mirada, en la que Alaric no podía ocultar el deseo.

Ella se dio cuenta entonces de que era real. No había sido todo fruto de su imaginación. Él también lo sentía.

Intentó respirar hondo, emocionada, con el corazón acelerado. Se pasó las manos sudorosas por la falda y vio cómo él la recorría con la mirada. Los pezones se le endurecieron y separó los labios como si Alaric se los estuviese acariciando.

–Necesito verte, en privado.

–Pero anoche...

–Anoche no debí empezar algo que no iba a poder terminar –le dijo él, haciendo una mueca antes de sonreír con rigidez–. ¿Acaso crees que un par de minutos allí, contra una pared, habrían bastado?

Las palabras de Alaric la aturdieron, o tal vez fue su mirada.

–Y después... –hizo una pausa– no pude ir a verte, pero ahora estoy aquí.

Oyeron murmullos procedentes de la sala de al lado.

–Te deseo, Tamsin. Ahora. No quiero que nadie nos interrumpa –le dijo él en voz baja.

Y ella tragó saliva y asintió.

Ella también lo deseaba. Estaba harta de tener que contener sus emociones y sus ansias. Siempre le había encantado su trabajo, pero ya no era suficiente. Sería una cobarde si le daba la espalda a lo que sentía por Alaric.

No se hacía ilusiones. Si sólo esperaba de él que le fuese sincero, no sufriría.

Eran las mentiras las que hacían daño. La sensación de ser utilizada, como había hecho Patrick.

El ardor con el que la miraba Alaric era sincero. Tamsin volvió a tragar saliva. Después de toda una vida de celibato, estaba preparada para pasar al lado salvaje.

Alaric le había dejado claro que no creía en el amor. Cuando se lo había dicho, Tamsin había sentido lástima por él, pero en esos momentos se daba cuenta de que era algo que los unía.

Lo que tuviesen juntos sería sencillo, claro y satisfactorio.

–Nos veremos dentro de quince minutos en el jardín –le dijo él en un susurro–. Abrígate.

Luego se dio la media vuelta y se marchó, dejando a Tamsin con el corazón acelerado.

Quince minutos. Parecían como toda una vida.

Alaric golpeó los pies contra el frío suelo y contuvo las ganas de mirarse el reloj. Tamsin iría, estaba seguro.

Su remilgada doctora Connors deseaba aquello tanto como él.

Había empezado a quitarse los guantes, pero paró. ¿Desde cuándo pensaba en Tamsin como suya?

Intentó no darle más vueltas al tema. Tamsin lo deseaba como él a ella. Era así de simple.

Se volvería loco si esperaba sin hacer nada mientras se confirmaba su sucesión y Tamsin al menos satisfaría las ansias que tenía dentro. Aquélla sería su última oportunidad de disfrutar de la libertad antes de que lo coronasen. Y disfrutaría al máximo de cada momento.

Si se convertía en rey, no podía seguir teniendo aventuras, ni practicando deportes de riesgo. No tendría escapatoria. Intentó no pensar tampoco en aquello.

Tamsin no sufriría. Él se aseguraría de ello.

A pesar de su compleja y fascinante personalidad, era una mujer fácil de entender. Alaric quería creer en ella. Su instinto le decía que era sincera, pero no le había contado que su examante le había confirmado que la crónica era verdadera. Sólo de pensar en el otro hombre se puso tenso.

Tamsin Connors era un enigma y él estaba decidido a descifrarlo.

Miró hacia el horizonte. Cuanto antes se marcha-
sen de allí, mejor. No quería que los pillase la tormenta que estaba formándose. No quería poner a
Tamsin en peligro.

−¿Su Alteza?

Alaric se giró y vio a uno de sus hombres de seguridad.

−¿Sí?

−Le traigo el informe que nos pidió hace un par
de horas. Es muy superficial. Tardaremos un día o
dos en tener algo más.

¡Por fin! La información acerca de Patrick y del
periodista con el que Tamsin había estado hablando
la noche anterior.

Con el rabillo del ojo, Tamsin vio moverse algo y
se giró. Tamsin avanzaba hacia él vestida con un anorak y pantalones abrigados. No tenía nada que ver con
la glamurosa mujer de la noche anterior, pero su belleza seguía compensando su falta de estilo al vestir.

A Alaric le ardió la sangre sólo de ver cómo andaba, con una gracia natural. Además, durante el
baile se había dado cuenta de que prefería que reser-
vase su cuerpo sólo para él.

En realidad, le gustaba que fuese vestida con ropa
ancha. Le divertía imaginarse su cuerpo debajo de ella.
Y, además, tenía la intención de quitársela muy pronto.

Alaric pensó que nunca le había afectado tanto una
mujer. ¡Y eso que todavía no se había acostado con
ella!

Se giró hacia el hombre que seguía esperando.

−Gracias −le dijo−. Eso será todo por ahora. Si
surge algo urgente, llevo mi teléfono móvil.

El otro hombre se inclinó ante él y se marchó.

Tamsin llegó a su lado y, al mirarla a los ojos, Alaric se dio cuenta de que se sentía bien.

Él sonrió. Por primera vez desde hacía mucho tiempo, tenía ganas de sonreír de verdad. Casi se le había olvidado lo bien que le hacía sentir.

—¿Adónde vamos? —preguntó Tamsin después de veinte minutos en silencio.

Jamás se había imaginado en un trineo tirado por caballos. Era todo un sueño.

—Vamos a ir a una cabaña que tengo en las montañas. La carretera está impracticable y sólo se puede acceder a ella en trineo.

Alaric se giró y la miró, haciendo que Tamsin sintiese calor de inmediato a pesar del aire helado.

—Allí no nos interrumpirán.

—Ya veo —respondió ella en voz baja y ronca.

Él sonrió y Tamsin se sintió viva y fuerte al ver su sonrisa. Era como si fuese capaz de cualquier cosa. Como si se atreviese a todo.

¿Por qué ponerse nerviosa? Eran dos adultos. Ambos deseaban aquello. No obstante, se estremeció.

Daba igual que fuese una novata, Alaric tenía suficiente experiencia para los dos.

Pasase lo que pasase en las siguientes horas, no se arrepentiría. Estar con Alaric hacía que se sintiese bien.

Él volvió a concentrarse en guiar a los caballos y Tamsin supo que, al final de aquel viaje, terminarían lo que habían empezado la noche anterior.

Estaban los dos solos y aquello era real.

La admiración con que la miraba Alaric la hacía sentirse como una princesa. Y pretendía disfrutarlo mientras durase.

Levantó la vista y vio que el cielo estaba muy oscuro.

–Parece que vamos a tener mal tiempo.

–No te preocupes.

Por fin llegaron a un claro desde el que se veían los Alpes y varios valles.

–¿Ésta es tu cabaña?

Había esperado algo pequeño. Hasta se había permitido olvidar que Alaric era un príncipe.

–Fue construida por mi tatarabuelo Rudi, para cuando quería escaparse de la corte.

Era un edificio imponente, de construcción tradicional y con muchas ventanas, chimeneas y hasta un torreón.

–Deja que lo adivine, no podía pasar sin comodidades.

Alaric se echó a reír.

–Le gustaba disfrutar –dijo después con los ojos brillantes–. Tienes frío. Vamos a entrar.

Y guió los caballos hasta un enorme establo.

–Ve tú delante, yo me ocuparé de los animales.

–¿No puedo ayudarte? –le preguntó ella, observando cómo liberaba a los caballos.

–No. Prefiero que entres en calor. Siéntete como en casa. No tardaré, te lo prometo.

La puerta estaba abierta y Tamsin entró en el recibidor. La casa estaba caliente, así que se quitó el gorro y los guantes y se deshizo lentamente del anorak mientras observaba un mural que había en la pared.

En él aparecían varios hombres disfrutando del bosque y acompañados de mujeres de generoso pecho.

Sonrió. Tal vez los ancestros de Alaric hubiesen sido igual de mujeriegos que él.

Colgó el abrigo y se negó a pensar en eso. Bajó la cremallera de sus botas y las dejó al lado de la chimenea que calentaba la entrada. Alguien había preparado la casa para ellos.

–¿Hola? –dijo Tamsin, entrando en un salón, en la biblioteca y en un amplio comedor, en la cocina y en la despensa, pero no encontró a nadie.

No obstante, había comida suficiente para un regimiento.

La curiosidad la llevó a subir las escaleras.

Alaric no tardaría en llegar.

Con el corazón acelerado, llegó a una puerta doble y dudó. No le parecía del todo bien entrar en las habitaciones, pero Alaric le había dicho que hiciese como si estuviese en su casa.

Abrió la puerta y entró. Y se le cortó la respiración al ver la habitación del torreón.

Era redonda, con las paredes pintadas en color crema y con ventanas. Las cortinas eran de terciopelo azul, había bancos para sentarse delante de las ventanas y una maravillosa alfombra turca de colores. La chimenea estaba preparada para ser encendida y enfrente de ella había una enorme cama con dosel. La colcha también era de terciopelo azul y en el cabecero estaba labrado el escudo de armas de la casa real de Ruvingia.

Eso le recordó el puesto que ocupaba Alaric en ella e hizo que dejase de soñar.

–Esperaba encontrarte aquí.

Tamsin se giró y vio a Alaric en la puerta. La estaba cerrando.

—No he podido encontrar a nadie —le dijo ella en voz demasiado alta.

Él guardó silencio durante unos segundos.

—Estamos solos —dijo por fin, sonriendo.

—Ya veo.

Tamsin se dijo que deseaba aquello, ¿por qué entonces tenía la boca tan seca? ¿Por qué estaba de repente tan nerviosa?

—¿Quieres que hablemos? —le preguntó.

—¿Hablar? ¿De qué?

—Cuando viniste a los archivos me dijiste que querías hablar...

Él negó lentamente con la cabeza y se acercó.

—No dije nada de hablar.

Se detuvo delante de ella, que respiró hondo y se apoyó en uno de los postes de la cama.

Estaba temblando, pero no era de miedo.

—Lo sabías, ¿verdad, Tamsin? —añadió, mirándola a los ojos.

Ella asintió. No merecía la pena poner excusas. Sabía a lo que había ido. Sabía por qué la había invitado Alaric a ir allí.

—¿Te gustaría hablar? —le preguntó él, señalando un par de sillas que había a un lado de la habitación.

—No.

—Entonces, ¿qué quieres?

Ella lo miró fijamente a los ojos. Y lo que vio en ellos la alentó a ser sincera.

—Quiero hacer el amor contigo. Ahora.

Capítulo 10

AQUELLAS palabras acabaron con las sospechas de Alaric de que estaba nerviosa.

No eran nervios, sino excitación. A pesar de haber dudado cuando la había besado, Tamsin no era virgen. La llamada de teléfono de su exnovio había dejado eso bien claro.

Alaric respiró hondo y se dijo que aquello era exactamente lo que necesitaba en esos momentos. Un intercambio mutuamente satisfactorio con una mujer que sabía dar y recibir placer de manera generosa. La pasión que había demostrado Tamsin la noche anterior le hacía estar seguro de que el encuentro sería pleno.

Intentó no pensar en que se estaba aprovechando de ella. En que, si la había llevado allí, era por motivos complejos y en que le estaba ocultando cosas.

Pero no pudo sentirse culpable. Sobre todo, al mirarla y saber que sólo había una cosa que lo motivaba en esos instantes: su necesidad de hacerla suya.

–Será un placer hacerte el amor –murmuró, clavando la mirada en sus labios entreabiertos.

Había esperado mucho tiempo para hacerlo. Demasiado.

Le acarició la mejilla y ella levantó la cabeza buscando su boca.

Pero Alaric había aprendido la lección. Si la besaba, perdería el control enseguida y quería saborear cada detalle de su cuerpo. No quería que su primera vez se terminase casi antes de empezar.

No obstante, habría una segunda y una tercera. Y todavía más. Tamsin estaría allí, sería suya, mientras él la necesitase.

—Suéltate el pelo.

Ella obedeció y Alaric se dejó embriagar por su olor a limpio, a verano. Y lo acarició con los labios.

Estaba deseando probarla a ella.

—Ahora, quítate el jersey —añadió.

No quería quitárselo él para no perder el control. Ya lo haría la siguiente vez.

La acarició mientras lo hacía y Tamsin se quedó inmóvil un segundo, se estremeció.

Alaric metió la mano por la cinturilla de sus pantalones para explorar la curva de sus caderas.

Luego, las subió por debajo de la camisa y la ayudó a quitársela, dejando al descubierto su sonrosada piel.

A Alaric se le cortó la respiración mientras recorría con los labios su mejilla, la base del cuello y la curva de sus pechos.

Tenía los pezones erguidos debajo del sujetador color marfil, cómodo, con muy poco encaje y un pequeño lazo entre los pechos, aunque en ella, parecía el sujetador más sexy del mundo.

Alaric le acarició los pechos calientes, perfectos, y ella cerró los ojos.

Y estuvo a punto de besarla en los labios, cuando recordó que no podía hacerlo. Todavía no.

Le bajó la cremallera de los pantalones y se los

quitó, hizo lo mismo con los calcetines altos, de color gris y negro, agachándose y quedando muy cerca de su sexo, que irradiaba calor. La suavidad de sus muslos lo tentó, lo mismo que el seductor arco de sus pies.

Pero se limitó a acariciarle las piernas mientras se incorporaba, entreteniéndose un momento en las braguitas, en el vientre y en los pechos antes de volver a la mandíbula.

Ella lo miraba con los ojos brillantes, aturdiéndolo.

–Tú llevas demasiada ropa –le dijo con voz ronca.

Y a él le gustó ver que también estaba desesperada.

–Eso es fácil de solucionar –contestó, quitándose el jersey y la camisa y tirándolos al suelo.

Tamsin apoyó las manos en su pecho y se lo acarició, luego bajó las manos hasta su vientre, le desabrochó los pantalones y se los bajó. Alaric se los quitó, lo mismo que la ropa interior.

Luego se acordó de que llevaba un preservativo en el bolsillo trasero de los pantalones y se agachó a buscarlo. Había una caja entera en la mesita de noche, pero no quería dejar de ver el rostro de Tamsin mientras ésta observaba su cuerpo desnudo.

Lo abrió con los dientes y se lo puso. Luego, se acercó a ella.

Tamsin retrocedió.

No lo hizo intencionadamente, sino por instinto, para escapar de un hombre peligroso, primitivo.

Era tan grande, estaba tan excitado, que se puso nerviosa.

–¿Tamsin? –le dijo él, quieto donde estaba.

Ella intentó tragarse el pánico que sentía y mirarlo a los ojos. Y supo que, a pesar de estar loco de deseo por ella, era el mismo hombre que las últimas semanas. Un hombre que había sido sincero y directo. Y que la deseaba.

Un hombre en el que podía confiar.

Tal vez fuese normal sentir miedo la primera vez. Esbozó una sonrisa temblorosa al pensar que eran pocas las mujeres que tenían la suerte de estrenarse con un amante como aquél. Se le encogía el corazón sólo de mirarlo.

Aquello era lo que había querido. No podía negarse a aceptar algo que le hacía sentirse bien.

Sólo necesitaba valor.

Mirándolo a los ojos, se desabrochó el sujetador y lo dejó caer al suelo.

Alaric respiró hondo y recorrió su cuerpo con la mirada.

Tamsin se quitó las braguitas para ofrecerse a él. Se sentía deseada. Femenina. Poderosa. Ansiosa.

–No sabes cuánto te deseo –le dijo Alaric justo antes de tumbarla en la cama.

La agarró por la cintura con sus enormes manos, pero ella ya no sintió miedo, sino sólo deseo.

Lo abrazó y lo besó en el cuello y pensó que era tan... masculino. Tan fascinante.

Tan sexy.

Alaric se movió y el roce de su pecho contra los de ella hizo que Tamsin diese un grito ahogado de placer.

Le apretó la erección contra el vientre y su cuerpo reaccionó instintivamente, frotándose contra él.

Cuando Alaric tomó uno de sus pezones con la boca, Tamsin dejó de pensar y se dejó llevar por el calor.

Necesitaba... necesitaba...

–Me encanta que estés tan caliente y húmeda –le dijo él con voz ronca, separándole las piernas.

Ella no opuso resistencia, sino todo lo contrario.

–Sí, me gusta mucho –continuó Alaric, levantando el rostro y mirándola con aprobación.

Luego bajó la mano hasta su sexo y se lo acarició, y ella se sintió incapaz de respirar. Alaric dijo algo que no pudo entender mientras seguía acariciándola.

Tamsin se mordió el labio inferior y se aferró a sus hombros. Cuando volvió a mirarla a los ojos, parecía un maleante, un bárbaro. ¡Y a ella le encantó!

Enterró las manos en su pelo e hizo que levantase la cabeza para besarlo.

Fue un beso apasionado, impaciente, y la caricia entre sus piernas cambió. Ya no tenía allí la mano de Alaric, sino algo más largo y poderoso, como con vida propia. Alaric la agarró por el trasero y le hizo levantar las caderas.

–Lo siento. No puedo esperar más.

Tamsin casi ni procesó sus palabras.

Él la besó en los labios, mientras la agarraba con más fuerza y golpeaba las caderas contra las suyas para penetrarla. Tamsin estaba tensa por dentro y había abierto los ojos de repente.

Alaric la miró sorprendido. Dejó de besarla y respiró hondo.

Y ella se relajó entonces y colocó las rodillas en sus caderas. ¡No quería que Alaric se apartase! Pero tampoco quería que su erección fuese demasiado grande para ella; no quería que, a pesar del deseo, aquello no funcionase.

—¿Alaric? Por favor.

No sabía lo que quería que hiciese, sólo quería que aquello no terminase así.

Él hundió la cabeza entre sus pechos, retrocedió un poco y luego volvió a avanzar en su interior. Y Tamsin ya no tuvo tanto miedo. O tal vez se dejó distraer al notar su aliento caliente contra el pezón.

La siguiente vez que Alaric avanzó, ella levantó las caderas para ayudarlo. Y así otra vez más.

Luego Alaric se quedó inmóvil. ¿Por qué? ¿Había decidido que aquello no iba a funcionar? Se aferró a sus hombros y se mordió el labio para no protestar.

Entonces le vio una vena hinchada en el cuello, a punto de estallar, y supo que la estaba esperando. Estaba intentando que se acostumbrase a él. Y Tamsin se sintió avergonzada por ser tan egoísta.

Acarició su cuerpo y terminó poniendo las manos en su trasero. Quería explorarlo entero.

Lo vio sacudirse y lo apretó contra ella. Alaric se resistió un instante y luego, la penetró un poco más. En esa ocasión, en vez de pánico, Tamsin notó una sensación extraña y nueva. Algo que le hacía desear más. Empezó a mover las caderas al mismo ritmo que él, apartándose y acercándose, hasta que el movimiento se hizo rítmico y fluido. Y a Tamsin le pareció fantástico.

Entonces él empezó a sacudirse, y ella también, y

perdieron el control del ritmo y todo su mundo se tambaleó.

Tamsin gritó al verse invadida por una ola de placer. Sólo podía ver los ojos azules de Alaric clavados en los suyos. Entonces, él gritó también y se puso a temblar.

Capítulo 11

VIRGEN.

Alaric sacudió la cabeza. ¿Cómo había podido convencerse a sí mismo de que Tamsin tenía experiencia?

Metió la cabeza debajo del chorro de agua fría, pero eso no acalló a la voz de su conciencia. Había seducido a una virgen.

Hizo una mueca. No había tenido ninguna consideración.

Se preguntó si habría sido capaz de contenerse si hubiese sabido la verdad.

Nada lo habría detenido. Era tan malo como el viejo de Rudi, que había diseñado aquel lugar para disfrutar en él de sus escandalosas relaciones. Alaric se puso tenso. No, era todavía peor que él. Rudi sólo se había acostado con mujeres experimentadas. Hasta su padre había cumplido esa norma.

¡Vaya! Una nueva manera de ver lo de que nobleza obliga.

Alaric se miró al espejo esperando, como siempre, ver todos sus pecados marcados en su rostro, pero seguía igual. Sin tacha. Entero.

¿Qué derecho había tenido a tomar su inocencia?

Tamsin se merecía a un hombre que pudiese darle más.

Notó un dolor que le era familiar en el pecho, una manifestación física de su culpabilidad. Sus fantasmas empezaron a revolverse y esperó sentir el mismo frío de siempre.

Pero sólo pudo recordar el calor del dulce cuerpo de Tamsin. El calor de su mirada, observándolo como si hubiese hecho algo heroico, en vez de haber tomado su virginidad.

Alaric sacudió de nuevo la cabeza. Tomó una toalla y se secó el pelo con ella. Se miró por última vez al espejo y salió.

–Has tardado mucho.

Alaric se detuvo al oírla. Había pensado que estaría dormida. O tal vez hubiese tenido la esperanza de que estuviese demasiado cansada para hacerle frente.

Levantó la vista y la vio apoyada en las almohadas, con el pelo sobre los pálidos hombros. Tenía las mejillas sonrojadas y los labios hinchados después de tantos besos.

Alaric notó que volvía a excitarse y deseó poder tomar su ropa y meterse con ella de vuelta en el cuarto de baño.

Tamsin bajó la vista y se puso todavía más colorada. Y la erección de Alaric creció, como si se alegrase de recibir atención.

–¿Ya estás... preparado otra vez? –preguntó Tamsin con voz temblorosa.

–No te preocupes –le dijo él, acercándose a los pies de la cama–. No voy a saltar encima de ti.

–¿No?

Alaric se preguntó si había oído decepción en su voz y apretó los dientes. Cualquier excusa era buena para volver a hacerla suya.

—Por supuesto que no. Eres virgen y...

—Era —lo interrumpió Tamsin, y el rubor empezó a bajar por su cuello y escote—. ¿Qué tiene que ver eso?

—¿Perdona? —preguntó Alaric, que había perdido el hilo de la conversación.

—El hecho de ser virgen. ¿Qué tiene que ver con volver a tener sexo?

A él le gustó cómo decía lo de «tener sexo», como dudando un poco. Le recordó a sus inocentes y apasionados besos y a la manera en que la había penetrado por primera vez.

Recogió una prenda de ropa del suelo y se maldijo al ver que era la camisa de Tamsin. ¿Dónde estaba la suya?

—¿No te ha gustado? —le preguntó ella en tono frío.

Él recogió otra cosa del suelo, los pantalones de Tamsin, todavía calientes de su cuerpo, lo que le recordó lo rápidos que habían sido. Debía sentirse avergonzado. Había sido una suerte que Tamsin llegase al clímax, porque él no había aguantado mucho.

—¿Alaric? ¿No te ha gustado?

Él apretó los dientes. No quería volver a perder el control.

—Los hombres no actuamos cuando no nos gusta.

—Entonces, ¿por qué no quieres volver a hacerlo?

Él no la miró a los ojos. Se puso a buscar sus pantalones por la habitación como un cobarde.

–¿No te ha parecido suficiente una vez? –preguntó–. Estarás dolorida. No estás acostumbrada.

–No me duele nada.

–Te dolerá.

–¿Tanta experiencia tienes con chicas vírgenes?

–¡Por supuesto que no! ¿De verdad piensas que te habría traído aquí si hubiese sabido la verdad?

Ella se puso seria y sus ojos dejaron de brillar. Alaric se dio cuenta demasiado tarde de que Tamsin había estado de broma.

Se pasó una mano por el pelo y respiró hondo. Su cerebro no funcionaba y no estaba escogiendo bien sus palabras. No podía pensar con claridad. No podía pensar, con ella allí sentada, tan tentadora.

Había planeado matar dos pájaros de un tiro llevando allí a Tamsin. Y, de repente, todo había cambiado.

La vio bajar de la cama y taparse con la colcha. Su expresión era indescifrable. Con la miraba baja, se acercó a los pies de la cama.

Él retrocedió para no agarrarla y empezar a besarla de nuevo.

Y Tamsin se detuvo de repente y apretó mucho los labios.

Alaric deseó calmar su dolor, decir algo gracioso para que sonriese, pero en esos momentos no se sentía capaz de hacerlo.

Cerró los puños mientras ella recuperaba su ropa. No se dio cuenta de que tenía los ojos húmedos hasta que se incorporó.

–¿Tamsin?

Se acercó y ella se puso tensa. A Alaric le dolió el corazón.

–No llores, por favor.

–No seas absurdo. No estoy llorando –respondió ella, dándose la vuelta–. Ya me has dejado claro que esta tarde ha sido una decepción monumental. Si no te importa, me gustaría vestirme. Sola. Y quiero volver al castillo lo antes posible.

Y dicho aquello, se alejó de él.

–¡No has entendido nada! –exclamó él siguiéndola.

–¡No! –dijo Tamsin–. Por favor, no. Lo entiendo. Tal vez sea ingenua, pero no soy tonta. Querías que pareciese que teníamos una aventura. Para engañar a esas otras mujeres. Por eso me trajiste aquí y...

Bajó la cabeza.

–Me equivoqué –admitió él en un susurro–. Pensé... ya sabes lo que pensé. Y cuando me dijiste que no querías hablar...

Tamsin levantó la cabeza y lo fulminó con la mirada.

–¡No! Es culpa tanto tuya como mía. Sabes lo que insinuaste. Me hiciste pensar...

Se mordió el labio y tragó saliva.

–¡No me dijiste que sólo querías estar con mujeres experimentadas!

–Porque no es cierto.

–Así que se trata de mí –dijo Tamsin, parpadeando y dándose la vuelta–. Ya veo. Bueno, siento no estar a la altura de tus reales expectativas.

–No quería decir eso –insistió, poniéndole una mano en el hombro, pero ella se apartó–. ¡Tamsin! No lo entiendes.

–Déjame en paz. He sido una tonta al pensar que

podías sentirte atraído por una mujer como yo. Me dejé llevar por el cuento de hadas, eso es todo. Supongo que a ti te ocurre con frecuencia.

Dejó caer la ropa sobre la cama, delante de ella, y se inclinó para ponerse las braguitas, pero la colcha se le escurrió. Ella le dio una patada.

Alaric se sintió frustrado. Y se dio cuenta de que la deseaba todavía más que antes. Con una vez no había sido suficiente.

La agarró por las caderas.

–¿De verdad piensas que no me siento atraído por ti? –le preguntó, acercando su erección al trasero de Tamsin.

Ella dio un grito ahogado y se giró lentamente.

–Te deseo, Tamsin. Te he traído aquí con la intención de tenerte en mi cama. O donde fuese. En el trineo, en el granero, en la cocina. Me da igual. Si he intentado mantener las distancias demasiado tarde ha sido porque me he dado cuenta de que me estaba aprovechando de ti. Soy responsable...

–No eres responsable de mí –lo desafió ella, inclinándose ligeramente hacia su cuerpo.

–Soy responsable de haberte robado la inocencia.

–Eso son tonterías. Soy yo la que ha decidido cuándo quería perder la virginidad.

–Pero eso no mengua mi culpabilidad.

–¡Ah! –exclamó Tamsin, zafándose de él y girándose del todo para mirarlo, luego se agachó con rapidez y volvió a taparse con la colcha–. ¡Eres exasperante! ¿Siempre tienes que cargar con el peso de todo?

–Yo sabía lo que estaba haciendo. Tú, no.

Tamsin puso los ojos en blanco.

–No sé si sabes que las mujeres ya tenemos derecho a voto. Somos capaces de tomar decisiones acerca de con quién queremos hacer el amor.

Hacer el amor. Alaric se sorprendió a sí mismo al pensar que, por una vez, aquel eufemismo le parecía más adecuado que hablar de tener sexo.

Era ridículo. Lo que habían hecho no tenía nada que ver con el amor.

–Está bien. ¿Con quién quieres hacer el amor? –le preguntó, acercándose más a ella.

Tamsin intentó retroceder, pero se había chocado ya contra la cama.

–Quiero volver al castillo.

–Eso no es verdad. Quieres volver a subir a la cama y que te enseñe todo lo que no he podido enseñarte antes. Y yo también lo quiero.

–Pues hace un minuto no lo parecía. ¿Estás seguro? –le preguntó Tamsin con la barbilla bien alta.

–Completamente seguro.

–¿Por qué?

–Porque hace mucho tiempo que te deseo –le confesó Alaric–. Desde que entré en la biblioteca y vi tu sensual pierna colgando por encima de mi cabeza. Porque he descubierto a una mujer que me reta, me fascina y me suscita curiosidad. Una mujer a la que le apasiona algo tan complejo como traducir libros antiguos y algo tan simple como bailar. Una mujer que no se siente atraída por mi título ni por mi riqueza. Y a la que no le da miedo decirme lo que piensa.

–Entonces, ¿no se trata sólo de engañar a esas otras mujeres? –le preguntó Tamsin, mordisqueándose el labio.

–Sólo se trata de ti y de mí –admitió él.

Luego levantó una mano y le apartó el pelo de la cara.

–Eres la mujer más sexy y natural que he conocido, pero escondes esa sensualidad y sólo me la enseñas a mí. ¿Sabes cuánto me excita eso?

–Yo...

Alaric le pasó el dedo índice por la frente.

–Me excitas hasta cuando frunces el ceño así. Cada vez que voy a verte a los archivos y te veo concentrada, deseo cerrar la puerta y hacerte el amor allí. No sabes la de veces que me lo he imaginado.

Tamsin se ruborizó y dejó de apretar los labios.

–Tú también lo has imaginado –comentó Alaric–. Lo veo en tu rostro.

Por primera vez, Tamsin se quedó sin habla. No se movió, sólo lo miró.

Y Alaric notó algo extraño, una sensación que le era desconocida, en su interior.

–Todo va a ir bien –le aseguró–. Yo haré que todo vaya bien, pero sólo si tú quieres.

Se hizo el silencio y a Alaric se le encogió el pecho mientras esperaba una respuesta. Sintió algo más que deseo. Algo mucho más fuerte.

–Yo también te deseo –dijo por fin Tamsin.

Y él se sintió aliviado. Era suya. Al menos, por el momento.

Eso era lo único que quería. Prefirió no pensar en que había algo más que sexo entre ambos.

No. Los vínculos emocionales eran demasiado peligrosos.

Pero con el sexo... no había ningún problema.

Ambos disfrutarían. Sería su última aventura antes de enfrentarse a las obligaciones de la corona. Tiró de la colcha que la tapaba y vio sus pezones rosados esperándolo.

Se acercó a la mesita de noche, abrió el cajón y sacó un paquete de preservativos.

–Esta vez –le prometió sonriendo–, vamos a tomárnoslo con calma.

Varias horas más tarde Tamsin estaba tan cansada que se sentía como si estuviese flotando sobre una nube.

Apretó los muslos, consciente del vacío que sentía allí. No estaba dolorida. Estaba más sensible.

Sonrió. No sólo por lo que habían hecho juntos. Sintió que se derretía por dentro al recordar las palabras de Alaric.

Le había encantado oírle confesar que la deseaba, aunque no pudiese competir en glamur y sofisticación con otras mujeres.

Alaric disfrutaba de su cuerpo tanto como ella del de él.

Por fin se sentía apreciada. Liberada.

El fuego de la mirada de Alaric había hecho cenizas sus dudas e inseguridades. Podía confiar en sí misma y en él.

Entonces se obligó a recordar que aquello no duraría.

Alaric pertenecía a la realeza. Tal vez incluso llegase a ser rey.

Tamsin se tapó con las sábanas y se preguntó si

sería eso lo que le hacía tener dudas acerca de la autenticidad de las crónicas de Tomas. ¿Eran dudas o esperanza? ¿Tenía la egoísta esperanza de que no fuesen auténticas? ¿De que Alaric no fuesé a convertirse en rey?

Porque si lo hacía, todavía sería más difícil que se interesase por ella.

Se sintió culpable. ¿Era por eso por lo que no le había hablado de la llamada de Patrick? Aquello iba en contra de sus principios profesionales, pero ¿sería tan grave que tardase un poco más en contárselo?

–Ah, veo que la Bella Durmiente se ha despertado –comentó él.

Tamsin se giró hacia él muy despacio y lo vio sonriendo, vestido sólo con unos pantalones negros.

–¿Qué tienes ahí? –le preguntó con voz ronca, sonriendo también.

–Toma –le dijo él, subiéndose a la cama y dándole una bata roja.

Tamsin la tomó, pero él no la soltó y siguió sonriendo. Ella bajó la vista a su pecho desnudo.

–Quiero enseñarte algo.

Ella bajó de la cama sujetando las sábanas, aunque fuese una tontería sentir vergüenza después de lo que habían hecho. Se levantó y se puso la bata.

–Excelente –comentó él.

Y a Tamsin le gustó oírlo.

–Ven aquí –le dijo después, acercándola a la ventana y abrazándola por la cintura.

El cielo estaba oscuro y estaba nevando.

–¿Una tormenta de nieve?

Alaric asintió.

–No vamos a poder ir a ninguna parte.

Tamsin sonrió. Su idilio todavía no se había terminado. No obstante, intentó ser sensata.

–¿No se preocuparán tus hombres? ¿No tienes cosas que hacer?

–Nada que no pueda posponerse. Y mis hombres
saben que estamos bien. Sólo podemos esperar.

La abrazó y cruzó con ella la habitación.

–Ahora vamos a tenerlo más difícil –murmuró.

–¿Más difícil?

Tamsin oyó entonces el ruido de un grifo abierto
y vio una bañera llena de espuma, la más grande que
había visto en toda su vida, rodeada de velas.

Junto a ésta había una mesa con dos copas, una
cubitera y una botella, y una bandeja con fresas y me-
locotones.

–Sólo hay una bañera –le dijo Alaric con los ojos
brillantes–. Me temo que tendremos que compartirla.

Tamsin se sintió embriagada de emoción. Alaric
había hecho aquello por ella.

Se sintió culpable. Tenía que contarle lo de las
crónicas, pero lo haría en cuanto aquello terminase.
No quería estropear el momento. Se lo diría cuando
estuviesen en el castillo. Cuando aquel sueño se terminase.

Jamás se había sentido tan mimada.

–Gracias, Alaric –le dijo con voz ronca, mirando
al hombre que tanto le había dado.

Placer físico, pero mucho más. Algo que le hacía
sentirse fuerte y especial.

Se puso de puntillas y lo besó en los labios. Él la abrazó con fuerza.

Alaric no creía en el amor ni en el compromiso, pero Tamsin se dijo que sería fácil enamorase de él. Fácil, pero una locura.

Capítulo 12

NO, ASÍ no, pon la mano recta.

Alaric le sujetó la mano mientras la yegua tomaba de ella un trozo de zanahoria.

La risa de Tamsin retumbó en el establo y a él se le hizo un nudo en el estómago. Era lo mismo que le ocurría cuando estaban desnudos y descubría otra zona erógena en su maravilloso cuerpo.

Se dio cuenta de que le encantaba oír a Tamsin. Ya fuese gimiendo o hablando de temas serios.

Notó que se excitaba y se acercó más a ella. ¡Le excitaba una mujer a la que le brillaban los ojos cuando veía una biblioteca llena de libros!

Aquello era nuevo para él.

Durante los últimos días, había aprendido a disfrutar con ella. No sólo en la cama, sino viendo cómo descubría el mundo que la rodeaba.

Se había sentido feliz, ajeno a las sombras del pasado. Hasta dormía profundamente y no tenía pesadillas.

No era de sorprender que no quisiese separarse de ella. Era egoísta, pero merecía la pena ignorar sus responsabilidades por la alegría que le proporcionaba a su alma.

Aunque fuese sólo durante unos días más...

Se acordó de su hermano Felix hablándole emocionado acerca de encontrar a la mujer adecuada. Su hermano se había equivocado al creer en el amor y él jamás cometería ese error.

–¿Por qué estás sacudiendo la cabeza? ¿No lo estoy haciendo bien?

Alaric frotó la barbilla contra su pelo.

–Tú siempre lo haces bien –le dijo, imaginando que pudiese llegar a convertirse en una seductora.

Sólo de pensarlo se puso tenso.

No podía permitirlo.

Todavía no. No hasta que su aventura se hubiese terminado.

Puso la mano izquierda entre sus piernas y ella lo agarró por la muñeca, haciendo que se sintiese avergonzado. Hacía sólo una hora que habían salido de la cama y tenía que dejar que se recuperase.

Se sintió satisfecho. No pudo evitarlo. Intentó sentirse culpable por haberle robado la virginidad, pero no pudo.

Debía de ser por la novedad, por lo que no quería dejarla marchar.

–No lo hagas delante de los caballos –murmuró ella.

–¿Crees que se ofenderían? –le preguntó Alaric, mordisqueándole el cuello.

–Creo... –empezó, pero luego suspiró.

–¿Nunca has estado desnuda delante de un caballo? –bromeó él.

–Nunca había estado cerca de un caballo.

–Desde luego, tienes mucho que aprender. No sabes nada de caballos, ni de trineos, ni de caviar, ni de desayunar en la cama. ¿En qué estaban pensando tus padres para privarte de tantas cosas?

Alaric tuvo la sensación de que se ponía tensa.

—Fui una niña muy afortunada —respondió.

—Así que fuiste una niña mimada que lo tuvo todo. Seguro que te compraban siempre los juguetes de moda.

Ella negó con la cabeza.

—Mis padres no compraban juguetes. Me divertía sola. Y tenía acceso a muchos libros y tranquilidad para leer. Un hogar estable y tiempo para soñar.

Alaric pensó que estable no era lo mismo que feliz. Y que su tranquilidad le sonaba a soledad. Una soledad que también les había impuesto su padre, pero él al menos había tenido a su hermano.

—¿Cuáles eran tus sueños, Tamsin? —le preguntó, acariciándole los pechos—. ¿Soñabas con un príncipe y un castillo?

—A veces.

—¿Tenía el pelo moreno, los ojos azules y un trineo?

Ella se giró y lo abrazó por el cuello.

—¡Por supuesto! —le respondió sonriendo.

—¿Y con qué más soñabas?

Tamsin se encogió de hombros y bajó la vista.

—No lo sé. Con aventuras. Con salir con amigos. Lo habitual.

Alaric pensó en el informe que tenía de ella. Describía a una niña sin hermanos ni amigos cercanos, con unos padres mayores que trabajaban mucho. A una niña solitaria.

¿Se daba cuenta de lo mucho que revelaban sus palabras acerca de su soledad? A Alaric se le encogió el pecho y sintió algo parecido a dolor.

–Alguna aventura sí podríamos organizar –le dijo, mirándola a los ojos–. Podríamos trepar por la base del precipicio que hay detrás de la cabaña si no hay demasiado hielo.

A Tamsin le brillaron los ojos y sonrió todavía más.

–¡Me encantaría! ¿Cuándo podemos ir?

Alaric sonrió. ¡Qué fácil era hacerla feliz! Y le sorprendió lo mucho que deseaba conseguirlo.

–Esperaremos otra hora más para que el sol funda el hielo.

–Entonces, tenemos tiempo –comentó Tamsin metiendo las manos por debajo de su camisa.

–¿Tiempo para qué? –le preguntó él sonriendo con picardía.

–Para otra primera vez –contestó ella–. Nunca he hecho el amor en un establo.

Con el corazón acelerado, Alaric la abrazó y la llevó hasta donde estaba el heno limpio.

–Permite que remedie eso ahora mismo.

Tamsin se despertó al oír ruido. Era un grito angustioso que le detuvo el corazón.

Se acercó a Alaric y se dio cuenta de que estaba ardiendo y bañado en sudor.

Le tocó el hombro, lo tenía rígido. Se acercó más y escuchó su respiración, aguda y profunda.

–¿Alaric?

No contestó.

–¡Alaric! –le gritó, sacudiéndolo con fuerza–. Alaric. ¡Despierta!

Él balbució algo, pero Tamsin no logró despertarlo.

Sintió miedo. No tenían teléfono y no podría conseguir ayuda si se ponía peor.

Primero tendría que hacer que le bajase la fiebre.

Apartó las sábanas para levantarse cuando oyó otro grito de horror y vio que Alaric sufría una convulsión.

–¡No! –gritó, agarrándola por los hombros–. ¡No puedes!

Tamsin tardó un momento en darse cuenta de que no estaba mojado de sudor, de que eran lágrimas.

–Shh, Alaric –intentó tranquilizarlo–. Todo va bien, cariño, ¿me oyes?

Pero él había enterrado la cabeza en su pecho y estaba sollozando.

Tamsin siguió susurrándole palabras de cariño y él empezó a relajarse y a respirar con más normalidad.

–¿Tamsin?

–Todo va bien. Era sólo un sueño.

Él se quedó inerte en sus brazos y luego, sin avisarla, se giró y la dejó sola.

–¿Alaric? ¿Estás bien?

Él apretó los labios y Tamsin se acercó y se acurrucó contra su pecho y lo abrazó. Siempre le había parecido tan fuerte y seguro de sí mismo, que le dolió verlo así.

–Lo siento –le dijo él–. No tenías que haber presenciado esto. No quería asustarte.

–No te preocupes –le contestó ella–. Ya ha pasado.

–¿Que ya ha pasado? Jamás pasará –espetó Alaric, dando un puñetazo al colchón–. ¿No me vas a hacer preguntas? Seguro que esa cabecita tuya quiere respuestas.

Ella levantó la cabeza y le dio un suave beso en los labios, que sabían a sal y a sufrimiento. Luego otro, y otro más.

Jamás se habían besado así, compartiendo sus almas y no sólo sus cuerpos. Tamsin se aferró a él y deseó explicarle lo que sentía, pero no encontró las palabras. Dejó que su cuerpo se lo expresase.

Sin saber por qué, se puso a llorar.

–¿Tamsin? –le dijo él, acariciándole la mejilla–. No llores.

Pero ya era demasiado tarde. Volvió a besarlo apasionadamente, hasta que se fue calmando. Y luego Alaric se apartó.

Tamsin sintió su mirada en la oscuridad. Suspirando, Alaric la apoyó de nuevo en su pecho y la abrazó. Su corazón latía muy deprisa.

–Te debo una explicación –le dijo.

–No me debes nada. Sólo has tenido una pesadilla.

–Fue egoísta, acostarme contigo. Podía haberte hecho daño.

–Yo estoy preocupada por ti –admitió Tamsin. Luego dudó–. ¿Tienes esos sueños con mucha frecuencia?

Su silencio lo dijo todo.

–¿Te da miedo atacarme mientras duermes?

–No lo entiendes –comentó él, desolado–. Todo lo que toco se convierte en cenizas. Todo el mundo al que toco.

–Cuéntamelo –le pidió ella.

–¿Crees que hablar de ello me ayudará? –inquirió Alaric en tono sarcástico.

–Guardártelo no es la solución. Sea cual sea el problema, crecerá si no te enfrentas a él.

–Ahora me estás llamando cobarde –dijo él en tono casi divertido.

Y Tamsin sonrió con tristeza.

–¿A qué le tienes miedo? ¿No creerás que voy a darte un beso de Judas?

–No se me ocurre nada menos probable –admitió él, acariciándole el pelo.

Ella se tranquilizó un poco, al menos, tenía su confianza. Y eso era un comienzo.

–No se trata de mí –empezó Alaric por fin–, sino de la gente a la que le he fallado. Con eso es con lo que sueño.

–No te imagino fallándole a nadie.

Él rió con amargura.

–No lo creerías. Fui un niño rebelde, siempre me metía en problemas y decepcionaba constantemente a mi padre. Oí muchas veces decir que era una suerte que hubiese sido el segundo. No tenía lo que hacía falta para gobernar.

–A tu padre le sorprendería ver cómo es Ruvingia hoy en día.

Alaric no respondió.

–¿Alaric? Háblame de tus sueños.

–Todos mueren, y no puedo salvarlos –susurró él.

–Háblame de ellos.

–¿Para que puedas absolverme? –preguntó con escepticismo, pero como ella no respondió, empezó a contarle su historia.

Como oficial de carrera, había aprovechado la oportunidad que se le había presentado unos años antes para formar parte de una misión de paz en el extranjero.

Junto con su unidad, se había instalado cerca de un pueblo aislado para proteger a una zona más amplia de los insurgentes. Allí habían tenido breves episodios de actividad peligrosa, intercaladas con largas épocas de tranquilidad, en las que había aprovechado para conocer a la gente del pueblo. Uno de los niños se había sentido fascinado por ellos, en especial, por Alaric. Y, a juzgar por cómo hablaba de él, el aprecio había sido mutuo.

Alaric había recibido un informe que hablaba de que había problemas en una zona cercana, y se había ido con algunos de sus hombres a investigar.

Había resultado ser una treta y, al volver a la base, habían descubierto que el pueblo había sido atacado.

Había soldados y civiles heridos y también muertos.

–El niño murió en mis brazos –relató Alaric con voz ronca–. No pude salvarlo. Hubo muchos a los que no pude salvar.

–No podías hacer nada –intentó consolarlo Tamsin, con el corazón roto al verlo tan dolido.

–¿No? Yo era el oficial al mando. Si no hubiese dividido a mis hombres, el pueblo habría estado a salvo. Si no hubiese respondido tan pronto a un informe que estaba sin confirmar...

–No sabes lo que habría ocurrido.

–No lo entiendes. Estaba allí para protegerlos y les fallé. Y también fallé a mis hombres. Algunos no sobrevivieron y otros todavía llevan las cicatrices –hizo una pausa y tragó saliva–. Menos yo. Que volví a casa sin un solo arañazo. Ojalá me hubiese muerto también.

–¡No digas eso!

Por un momento, Alaric disfrutó viendo cómo Tamsin confiaba en él. Era una experiencia nueva, tener a alguien de su parte con tanto ímpetu.

Cuando se enterase de toda la verdad, se quitaría la venda de los ojos. Una parte de él no quería contársela, pero tampoco se merecía su compasión.

–Volví a Ruvingia y me dediqué a divertirme: coches, fiestas, mujeres. Muchas mujeres. Y mi hermano mayor, Felix, me dio la bienvenida. Él tenía muchos planes, quería casarse, pero a mí no me interesaban. Estaba demasiado sumido en mis propios problemas como para escucharlo.

Algunos días, casi le había costado ver a Felix, con tanto éxito, tan capaz y centrado. Todo lo contrario que él.

–¿Alaric?

–Había un chica –continuó, deseoso de terminar cuanto antes–. Una chica muy guapa. Me fijé en ella por primera vez en el teatro, porque vi a Felix observándola. Y dos días más tarde estaba en mi cama.

Tamsin se puso tensa y él supo que, cuando terminase su relato, no querría volver a verlo.

–No la quería. Jamás fingí hacerlo. Y ella... sólo quería estar con alguien conocido. Así que los dos estábamos contentos. Hasta que Felix se enteró de lo nuestro y yo me enteré de que era la mujer de la que estaba enamorado y con la que quería casarse.

Tamsin dio un grito ahogado.

–¿No lo sabías?

–No me había dicho su nombre, aunque yo sabía que se sentía atraído por Diana. Como casi todos.

Alaric volvió a preguntarse si no había deseado conquistarla en realidad porque sabía que le interesaba a su hermano. Para demostrar que, al menos con las mujeres, era superior a él.

–Felix se puso furioso cuando se enteró. Jamás lo había visto así. Nos acusó de haberlo traicionado.

–¿Y Diana?

–Se enfadó por haber cometido semejante error, ya que le hubiese gustado convertirse en princesa.

–¿Y qué pasó después?

–Que Felix cambió. Siempre estaba de mal genio, y no sólo conmigo. Se volvió imprevisible y empezó a beber mucho. Un día lo sorprendí subiéndose a mi coche y no pude bajarlo, pero me subí a su lado.

Alaric respiró hondo.

–Discutimos. Felix perdió el control en una curva cerrada y yo agarré el volante. Nos fuimos por un terraplén. Yo me había abrochado el cinturón y el airbag me salvó, pero Feliz no llevaba el cinturón y falleció al instante.

Alaric pensó que, después de aquello, Tamsin no tardaría en alejarse de él.

Tamsin contuvo la respiración, impresionada por la historia. Sorprendida al saber todo lo que había sufrido Alaric.

Era evidente que había querido mucho a su hermano. Tal vez éste hubiese sido el único que lo había querido también a él.

–Lo siento mucho –le dijo, no fue capaz de más.

–Yo también. Lo siento todos los días, pero eso no cambia el hecho de que yo tenga la culpa.

–¡No digas eso!

–Si no hubiese seducido a Diana, nada de eso habría ocurrido. Si lo hubiese detenido...

–Si Diana lo hubiese querido, tú no habrías podido interponerte entre ambos.

Alaric sacudió la cabeza.

–Yo debí tener más cuidado.

Ahí Tamsin no pudo contradecirlo.

–Tu hermano te echó la culpa a ti porque estaba decepcionado, pero no fue culpa tuya que sus sentimientos no fuesen correspondidos.

–Tenía que haberle sido leal. Tenía que haber estado ahí para ayudarlo, para protegerlo de la bebida. Ni siquiera fui capaz de eso. Le fallé cuando más me necesitaba.

Alaric rió con amargura.

–Y aquí estoy ahora, a punto de hacerme con la corona. ¿Cómo sé que no voy a fracasar otra vez?

A Tamsin se le rompió el corazón al verlo tan dolido, tan inseguro. Alaric no sabía lo capaz y competente que era. Todavía estaba escapando de sus traumas.

Por eso no le entusiasmaba la idea de convertirse en rey. Por eso no quería acercarse demasiado a nadie.

Suspiró aliviada al pensar que no le había contado que la fecha de la crónica era verídica.

–Cariño –le dijo, abrazándolo en la barbilla, en el cuello y en la cara–. Tienes que perdonarte. Tú también eres una víctima, créeme.

Él negó con la cabeza.

–Dile eso a los hombres que volvieron heridos. O a la madre del niño inocente que murió.

–¡Tú no fuiste el causante de todo eso! A tu hermano le horrorizaría saber que te sientes culpable. ¿Crees que es eso lo que querría? Eres un buen hombre, Alaric. Yo te confiaría mi vida.

–Mi dulce Tamsin –le dijo él, limpiándole una lágrima de la mejilla–. No malgastes tus lágrimas conmigo.

–Si quiero llorar, lloraré –lo contradijo ella.

Era un hombre muy testarudo, pero su lealtad y su honradez hacían que fuese el hombre al que amaba.

Se dio cuenta de ello y se quedó sin habla de repente. Sin darse cuenta, se había enamorado de él.

Le había entregado su corazón.

Alaric no quería compromisos, ya que desconfiaba del amor, pero ella se sintió igual de feliz.

–Ya seguiremos hablando luego. Ahora, tienes que descansar –le dijo.

–Me iré a otra habitación.

–¡Ni se te ocurra! Si te marchas, te seguiré –le advirtió Tamsin, tumbándose–. Cierra los ojos y descansa. Yo me quedaré despierta. No me harás daño.

–Podría llegar a acostumbrarme a que intentases dominarme –murmuró Alaric, casi bromeando–. Estoy demasiado cansado para discutir.

La abrazó por la cintura y Tamsin tuvo la esperanza de que pudiese sentir el amor que irradiaba su cuerpo y le llenaba el corazón.

Sabía que era un amor que la destrozaría, pero en esos momentos se sentía más llena y en paz que nunca.

Capítulo 13

LA LUZ rosada del amanecer entraba por las ventanas. Alaric había dormido muchas horas, pero Tamsin no lo quería despertar.

Se preguntó cómo podía ayudarlo.

O ayudarse a sí misma. Su situación era imposible.

Estaba enamorada. Del príncipe Alaric de Ruvingia.

Abrió la puerta de la biblioteca, encendió la luz y fue hacia el escritorio. Siempre trabajaba mejor con papel y lápiz. Tal vez si ponía por escrito lo que le preocupaba, le resultaría más fácil aclararse las ideas.

Abrió el cajón y encontró un cuaderno. Lo sacó y entonces vio un sobre también.

Tamsin Connors. ¿Era para ella?

Frunció el ceño. No tenía sello. Ni dirección. Sólo su nombre. ¿Qué significaba? Sintió un escalofrío.

–¡Tamsin!

Sobresaltada, se giró y vio a Alaric en la puerta, pálido y serio.

–¿Qué haces? –le preguntó con voz cortante.

–He venido a por papel y lápiz. Tenía una idea acerca de la crónica. Quería...

–Vuelve a la cama –le ordenó él.

–¿Qué ocurre? –le preguntó ella, se palpaba la tensión en la habitación.

–Nada. Sólo quiero que estés conmigo. Eso puede esperar –contestó él sonriendo ligeramente.

–No tardaré. Sólo quiero anotar unas cosas. Además, he encontrado esto –añadió, refiriéndose al sobre con su nombre que tenía en la mano.

Antes de que se diese cuenta, Alaric se había acercado y le estaba tendiendo la mano para que se lo entregase.

–Dámelo. No es importante.

Ella no pudo soltarlo.

–¿Por qué no quieres que lo abra?

Alaric guardó silencio. Se acercó más, pero no la tocó.

–Porque no es para ti. Es sobre ti.

Tamsin se quedó inmóvil, callada, intentando comprender.

–¿Has hecho que me investiguen? –preguntó.

Él la miró con frialdad y a Tamsin se le rompió el corazón. Se había acostumbrado al otro Alaric. Al hombre cariñoso, generoso, divertido.

–Sí –le respondió él por fin–. He hecho que te investiguen.

–¿Y qué pone?

–No lo sé. No lo he leído.

–¿Haces que investiguen a todos tus empleados?

–Así no.

A Tamsin se le aceleró el corazón. Metió un dedo dentro del sobre y sacó su contenido.

Alaric no movió ni un músculo y eso la asustó todavía más.

La primera página la confundió. Era acerca del periodista con el que había hablado en el baile. Entonces leyó una nota que decía que no había pruebas de que se conociesen de antes y lo entendió.

Dejó caer el papel al suelo.

Después hablaban de Patrick y ella.

–¿Por qué no me preguntaste, si querías saber qué hombres había habido en mi vida? –inquirió en tono amargo. ¿O es que sueles vetar a tus posibles amantes?

–No es así –respondió Alaric.

–¿Cómo supisteis lo de Patrick? No se lo he contado a nadie aquí.

Pasó a la última página y se quedó de piedra.

–¡Me han pinchado el teléfono!

–Es una cuestión de seguridad del Estado.

–¡Si soy conservadora de libros, no espía!

–Apareciste de repente...

–Tú me hiciste venir, ¿recuerdas?

–En un momento inestable. No hay rey. El parlamento está en receso hasta después de la coronación. Es una época complicada. De repente, apareces tú, diciendo que tienes pruebas de que yo, y no el príncipe Raul, soy el heredero legítimo de la corona. ¿Te imaginas lo catastrófico que podría ser que la noticia llegase a los oídos equivocados antes de que nos diese tiempo a prepararnos?

Tamsin se puso detrás del escritorio porque necesitaba espacio para aclararse la mente. La expresión de Alaric era de severidad.

–¿Creías que te había mentido acerca de las crónicas? –le preguntó ella con incredulidad.

–Miré por mi país –respondió él en tono tenso, como si no estuviese acostumbrado a que lo retasen.

–¿Pensabas eso y, aun así, te acostaste conmigo?

«No, es por eso por lo que me acosté contigo. Lo hice para distraerte. Para evitar que hicieses más daño».

Tamsin se agarró al escritorio, aturdida. Aquello le dolía tanto que se le nubló la vista y empezó a costarle mucho trabajo respirar.

Una mano intentó agarrarla y ella se apartó.

–¡No me toques!

–Tamsin. ¿Has oído lo que te he dicho?

–¡No quiero oír nada! –exclamó, acercándose a trompicones hasta la ventana, abrazándose por la cintura–. Tenías planeado traerme aquí, ¿verdad? Por eso está tan bien aprovisionada la despensa. Sabías que habría una tormenta de nieve y querías que me quedase aquí incomunicada.

–Es cierto, lo sabía –respondió él por fin.

No se disculpó ni mostró ningún signo de arrepentimiento.

Tamsin cerró los ojos con fuerza. Lo que habían compartido no significaba nada. ¿Habría pensado en otra mientras hacían el amor, no, mientras tenían sexo?

¿Cómo había podido ella creer que había llamado la atención del príncipe de Ruvingia?

–Eres un actor excelente –le dijo con voz temblorosa–. Me habías convencido. Enhorabuena.

–Tamsin, no todo fue así. Al principio, sí, tenía dudas. Pero después he querido estar contigo por cómo me hacías sentir. Y por lo que tú sentías.

–¿Lo que yo sentía? –inquirió furiosa–. ¿Me estás diciendo que yo te pedí que me embaucaras?

Había confiado en él, se había enamorado de él y, en esos momentos, lo odiaba.

–Tamsin, tienes que escucharme. Ése no es el motivo por el que te traje aquí.

–¿Sabes lo que más me duele? Que viste cómo me había engañado Patrick y utilizaste la misma táctica. Y yo me dejé engañar.

–No te entiendo.

–¿No lo ponía todo en tu maravilloso informe? ¿No te contaba cómo me utilizó para conseguir un ascenso? No sé cómo he podido creer que te sentías atraído por mí.

Tamsin no pudo continuar, sintió náuseas, pero no quiso humillarse todavía más delante de Alaric.

Fue como pudo hasta la puerta, sin detenerse cuando él la llamó, presa de las náuseas y de la desesperación.

A Alaric el frío le caló hasta los huesos al quedarse en la biblioteca, mirando hacia la chimenea, que estaba vacía. No era el aire frío lo que había congelado su cuerpo, sino el dolor de Tamsin. El dolor que él le había causado.

La culpa terminó con la paz que había empezado a sentir durante los últimos días con ella.

Tenía que darle algo de tiempo para que se calmase y lo escuchase. Se sentía traicionada.

Y fue una sorpresa darse cuenta de lo mucho que le importaba. Sintió miedo. Había vuelto a hacerlo. Le había fallado a Tamsin.

Veinte minutos después de que hubiese salido de la biblioteca, fue a buscarla. La habitación estaba vacía. Buscó en el resto de la casa. Vacía.

Miró por la ventana y vio sus huellas en la nieve. Había ido hacia el precipicio que él le había enseñado a escalar.

Recordó que le había dicho que era el camino más corto hasta el castillo. Y era fácil de escalar para alguien experimentado, pero no para una novata.

Si le ocurría algo...

Tamsin tenía las manos entumecidas del frío, pero no iba a volver a por los guantes. Antes de volver tendría que tener la fuerza suficiente para enfrentarse a Alaric sin derrumbarse.

Las náuseas se habían calmado un poco, pero seguía doliéndole tanto el pecho que casi no podía respirar.

Se sentía engañada, utilizada, y se sentía tonta por haber cometido el mismo error otra vez. Aunque, en esa ocasión, se había enamorado de Alaric.

Una sensación extraña la hizo girarse. Una hora antes, le habría encantado ver a Alaric corriendo por la nieve, en esos momentos, le causaba todavía más desesperación.

–¡Corre! –exclamó él cuando estuvo más cerca.

Y vio miedo en sus ojos. Entonces, Alaric la agarró de la mano y la hizo correr, la ayudó a que siguiese avanzando.

De repente, se oyó un enorme trueno, de toneladas de nieve y roca que caían desde la montaña.

—¡Una avalancha! —exclamó Alaric, pero Tamsin no pudo oírlo, sólo le leyó los labios, y luego siguió corriendo. Si conseguían darle la vuelta a la montaña, estarían a salvo. De repente, Alaric la empujó con fuerza y la hizo caer hacia delante.

Tamsin se tapó la cabeza con los brazos y notó que caía nieve y piedras a su alrededor. Y luego todo terminó.

Ella se incorporó y respiró hondo, aliviada. Sin la ayuda de Alaric, se habría visto sepultada bajo la nieve. Se giró a darle las gracias.

Y sólo vio una montaña de hielo y rocas.

Capítulo 14

LE VAN a dar el alta al príncipe y pronto volverá al castillo –le dijo a Tamsin su compañera, mirándola de reojo.

–¡Qué buena noticia! –respondió ella, sonriendo con profesionalidad.

Alaric se había fracturado la clavícula, una pierna y un brazo, y tenía además importantes contusiones.

–Parece ser que los médicos quieren que se quede unos días más, pero él se ha negado.

Tamsin asintió, recordando la determinación y la fuerza de Alaric. Se preocupó por él.

Todavía se estremecía cuando recordaba los largos minutos que había estado enterrado bajo la nieve antes de que lo encontrase.

En esos momentos, no le había importado que la hubiese utilizado, sólo había sabido que lo amaba y que tal vez muriese.

Entonces había encontrado su teléfono móvil, que todavía funcionaba. Veinte minutos más tarde había llegado un helicóptero a buscarlo.

Tamsin había oído que la coronación del príncipe Raul se estaba retrasando, y que éste pasaba mucho tiempo encerrado con su primo. Sin duda, estaban organizando la coronación de Alaric para cuando se recuperase.

Sería un monarca excelente.

Tamsin se miró el reloj.

–Es hora de recoger –le dijo a su compañera.

Llevaba varias semanas soportando el escrutinio de sus compañeros y trabajando. Se preguntó si tendría fuerzas para volver a ver a Alaric.

Encontrarían a alguien para reemplazarla cuando no renovase el contrato. Tal vez Patrick.

Y ella no volvería a Gran Bretaña. Le habían ofrecido trabajo en Berlín, o tal vez saliese algo en Roma. Cuanto antes se marchase, mejor.

Se negaba a creer que no sería capaz de recuperarse, que el amor que sentía por Alaric, no se curaría jamás.

–Mi respuesta sigue siendo no –dijo Alaric, paseando por la habitación del hospital–. No.

–¿Crees que a mí me gustaba la idea de un matrimonio de compromiso? –le preguntó Raul–. Es tu obligación, Alaric. Si aceptas la corona, tienes que aceptar las responsabilidades que van con ella.

–¡No me hables de obligaciones! No quiero la corona, sólo la acepto porque me educaron para cumplir con ellas.

Era extraño cómo había cambiado todo desde el accidente. Ya no tenía tanto miedo al fracaso.

En el hospital, había tenido mucho tiempo para pensar. La paz y la conexión que había sentido con Tamsin le habían dado esperanzas por primera vez en muchos años.

Había luchado por vivir porque quería verla y hacer las cosas bien.

—Alaric —le dijo su primo—, sé que esto es muy difícil para ti.

—Es difícil para los dos.

Raul había sido educado para convertirse en rey, y le había demostrado su integridad tomándose tan bien la noticia de que Alaric debía ser el siguiente monarca.

Raul se encogió de hombros.

—No hay marcha atrás, Alaric, el príncipe de Maritz está obligado a casarse con la princesa de Ardissia. No hay negociación posible.

—¿Aunque ni siquiera sepamos quién es?

—Pronto lo sabremos. Y entonces...

—Una boda real.

Sin amor. Posiblemente lo que se merecía. No obstante, se le heló la sangre de pensarlo.

Recordó la sonrisa de Tamsin, recordó sus jadeos de placer, su olor a limpio.

No la había visto desde el accidente. Ella lo odiaba por lo que le había hecho.

Era poco probable que lo perdonase, pero de ahí a casarse con otra mujer...

Alaric se dio cuenta de que sólo podía hacer una cosa. Tal vez fuese la más difícil de toda su vida, pero no tenía elección.

—No puede sacar ninguno de los documentos que hay en la caja fuerte sin el permiso de Su Alteza.

–¡Pero si se trata de mi pasaporte! –exclamó Tamsin–. Tiene que haber un malentendido.

–¿Tiene pensado viajar? –le preguntó el secretario de Alaric.

Tamsin frunció el ceño.

–Voy a ir a Roma este fin de semana. ¿Cuándo pueden darme el pasaporte?

–Tengo que informarme. El príncipe ha dado instrucciones muy precisas...

Tamsin salió de su despacho y se dirigió hacia la antecámara real. Al entrar, un hombre que había sentado frente a un escritorio levantó la vista.

–El príncipe no recibe visitas.

–Esto no puede esperar –replicó ella, sin dejar de andar.

Abrió la puerta y entró sin más. Y se quedó inmóvil al ver a Alaric reunido con un grupo de hombres, todos muy bien vestidos y muy serios.

Alaric, que estaba sentado en el centro, dejó el bolígrafo que tenía en la mano y levantó la vista.

La miró a los ojos y ella se estremeció.

De repente, alguien la agarró del codo.

–Siento la intrusión, Su Alteza.

–No pasa nada –respondió Alaric–. La doctora Connors es mi invitada.

–Por supuesto, Su Alteza –dijo su secretario soltándola y marchándose.

Alaric le hizo un gesto a Tamsin para que se sentase, pero ella no lo hizo. Sabía que había interrumpido algo importante. Alaric pasó un documento que los otros hombres fueron firmando lentamente.

Entonces Alaric se puso de pie. Estaba muy pálido

y Tamsin deseó acariciarle el rostro. Le temblaron las manos sólo de pensarlo.

Él se giró hacia el hombre que tenía al lado. Un hombre alto y guapo cuyos rasgos le eran familiares. Alaric le dijo algo e inclinó la cabeza, pero el otro hombre lo detuvo y le puso una mano en el hombro.

Luego ambos se miraron con complicidad, Alaric dijo algo e hizo reír al otro. Se dieron la mano y los demás hombres aplaudieron y los vitorearon.

Tamsin observó a Alaric, tal vez fuese la última vez que lo veía.

Él volvió a decir algo en su idioma natal y todo el mundo empezó a marcharse. El último en salir fue el hombre que había estado a su lado, que también debía de estar en la treintena e iba vestido con un traje que le sentaba muy bien.

–Doctora Connors –le dijo éste, llevándose su mano a los labios–. Es un placer conocerla, soy el primo de Alaric, Raul.

–Su Alteza –respondió ella.

Raul le soltó la mano y se marchó. Y ella se quedó a solas con Alaric.

Capítulo 15

HOLA, Tamsin. Me alegro de verte –la saludó en voz baja.

–Hola, Alaric –respondió ella casi sin aliento.

Se miraron a los ojos y Alaric se acercó, haciendo que Tamsin sintiese un cosquilleo en el estómago. No obstante, después de verlo reunido, todavía tenía más claro que pertenecían a dos mundos distintos.

–¿Qué era eso? –preguntó–. ¿Algún tipo de ceremonia?

–Negocios reales –respondió él sin apartar la vista de sus ojos.

Tamsin se ruborizó, se sintió mal por haber interrumpido la reunión.

Alaric avanzó un paso más y ella retrocedió.

–¿Cómo estás, Alaric? –le preguntó.

–Ya lo ves. He sobrevivido.

–¿Y vas a ponerte bien del todo? –le preguntó, mirándole la pierna que se le había roto.

–Eso me han dicho.

–Fue culpa mía... –empezó ella.

–Soy yo quien debe disculparse. Lo intenté antes de la avalancha, pero no quisiste escucharme.

Tamsin frunció el ceño. No se acordaba de aquello, sólo recordaba haberse sentido triste, dolida.

–Disculpas aceptadas –le dijo Tamsin, girándose hacia la chimenea encendida para evitar seguir mirándolo a él–. Pensabas que estabas protegiendo a tu país.

–Eres muy comprensiva.

–He tenido tiempo para pensar.

–No, obstante, no hay excusa para...

–No, pero no quiero hablar de ello.

No quería recordar los detalles. No quería pensar que se había acostado con ella porque formaba parte de su plan. Ni que había conseguido que se enamorase de él.

–Me has ahorrado las molestias de ir a verte.

Tamsin se giró al oír aquello. Por un momento, se sintió esperanzada. Aunque lo más probable era que Alaric hubiese ido a disculparse y a despedirla.

–He venido a por mi pasaporte –le informó en tono desafiante.

–¿Quieres marcharte? –le preguntó él con el ceño fruncido.

–¡Sí! Pero necesito mi pasaporte y me han dicho que necesito tu permiso para recuperarlo.

–¿Y si yo te pidiese que te quedases?

–¡No! –exclamó Tamsin de nuevo, no quería sufrir más.

Lo miró y vio que estaba sonriendo. ¿Se estaría riendo de ella? Se dio la media vuelta y fue hacia la puerta, decidida a marcharse, pero Alaric la detuvo.

–No, no te vas a marchar. No así.

Alaric se obligó a respirar hondo y le dolió el pecho. Tenía el corazón acelerado.

–Me niego a quedarme para que te rías de mí –espetó ella.

–Tamsin, te equivocas. Me estaba riendo de mí mismo.

–No lo entiendo –admitió ella.

–Le he dicho a Raul que iba a pedirte que te quedaras. Y estaba recordando su respuesta. Me ha dicho que seguro que lo conseguía fácilmente, pero lo primero que has hecho tú ha sido negarte.

–Sigo sin entenderlo –repitió Tamsin.

Alaric no pudo controlarse más y levantó la mano para acariciarle la mejilla.

–No quiero que te marches. No lo permitiré –le dijo, levantándole el rostro para que lo mirase.

–No tienes derecho a hacerlo –replicó ella en tono beligerante.

–Es cierto, pero voy a hacer que te quedes, tenga que convencerte, seducirte o encerrarte en la torre más alta del castillo.

–Estás loco –le dijo Tamsin sorprendida, retrocediendo hasta chocar con la puerta.

–Tamsin, yo... –empezó él, sin saber cómo expresar unos sentimientos a los que no estaba acostumbrado.

–Déjame marchar –le pidió ella–. No sé a qué estás jugando, pero ya he tenido suficiente.

–No estoy jugando. Es cierto que mentí desde el principio, pero no sólo a ti, sino también a mí. Porque te necesitaba como no he necesitado nunca a nadie. No podía dejar de pensar en ti.

Le metió la mano en el pelo y, por primera vez desde el accidente, se sintió lleno.

–No sabes cómo te he echado de menos –con-

fesó–. Me enamoré de ti, Tamsin. Y por eso te se-
cuestré. Todo lo demás son excusas. Jamás había conocido a nadie como tú. Y todavía te quiero. Y te necesito.

Tamsin sacudió la cabeza con tanta fuerza que se
le soltó el pelo. Y Alaric deseó enterrar su rostro en
él, inhalar su dulce olor y perderse. Pero vio que
Tamsin estaba sufriendo y se controló.

–Soy la novedad. Un cambio, después de tantas
mujeres sofisticadas –le dijo ella en tono amargo–.
No me necesitas.

–Eres diferente –admitió Alaric, tomándole una
mano y apoyándola en su pecho–. Hacía mucho tiempo
que no sentía, Tamsin. Y me daba mucho miedo.
Por eso intenté convencerme de que no era real. Te
quiero. Me di cuenta cuando estaba en el hospital.
Te quiero.

Ella se quedó como una estatua, con el ceño fruncido y los labios apretados.

Era la primera vez que Alaric se sentía así, que le
decía a una mujer que la amaba.

¡Y había esperado de ella otra respuesta!

Se inclinó a besarla para convencerla.

–¿No me crees?

–No lo sé. Me parece tan poco probable.

–Pues quiero que sepas que lo que acabas de ver
es mi renuncia al trono de Maritz. Raul será el rey
después de todo.

–¿Que has hecho el qué? ¡Oh, Alaric! Habrías sido
un rey maravilloso.

–No pasa nada. Lo he hecho porque el rey va a estar obligado a casarse con la princesa de Ardissia, y

yo no puedo hacerlo. No puedo casarme con otra queriéndote a ti.

–¿Lo has hecho por mí? ¡Pero si casi no me conoces!

–Te conozco, Tamsin –la contradijo, mirándola fijamente. De repente, se dio cuenta de que iba vestida con un traje de color rojo ajustado–. Te has comprado ropa nueva.

–¿De verdad has abdicado? –le preguntó ella–. Eso es...

Por fin sonrió y Alaric empezó a respirar de nuevo.

–No puedo creer que hayas rechazado la corona por mí.

–En realidad, no quería rechazar la corona, sino a la esposa. Prefiero elegir yo a mi futura esposa.

Tamsin lo abrazó con fuerza y lo miró con los ojos brillantes.

–Tamsin, ¿podrías olvidar el pasado y empezar de cero? –le preguntó Alaric.

Ella guardó silencio durante lo que a Alaric le pareció una eternidad.

–No quiero olvidar –murmuró Tamsin por fin–. Me has dado demasiado.

–¿Y podrías vivir con un hombre que ha cometido errores y que todavía tiene mucho que aprender?

–Podría, si estás seguro.

–Jamás he estado más seguro de algo, mi amor.

Tamsin se puso de puntillas y le dio un suave beso.

–Te quiero, Alaric. Me enamoré de ti la noche en que nos conocimos. Y todavía no puedo creer...

Él la interrumpió con un beso, se sentía aliviado, triunfante, lleno de amor.

¡Era suya! E iba a dedicar su vida a hacerla feliz.

Mucho después, cuando la llamada de la pasión estuvo a punto de escapárseles de las manos, Alaric retrocedió.

Haciendo caso omiso del dolor que sentía en la pierna, se arrodilló y tomó la mano de Tamsin.

–¿Qué haces? –le preguntó ella–. ¡Alaric! ¡Tu pierna!

–Voy a pedirte que te cases conmigo. Quiero hacerlo bien.

–Ah. Sí.

–Todavía no te lo he pedido –le dijo él sonriendo.

–Estoy ahorrando tiempo, para que te levantes cuanto antes del suelo.

–En ese caso...

Alaric hizo que Tamsin perdiese el equilibrio y cayese sobre la gruesa alfombra. Luego se tumbó encima de ella.

–¡Alaric! No podemos hacerlo. ¡Acabas de salir del hospital!

–Claro que podemos. Si quieres, puedes pasarte la vida reformándome.

–Eso nunca, me gusta como eres.

Tamsin lo besó y él dio gracias en silencio. Había encontrado a la mujer perfecta. Había encontrado el amor.

Había anhelado hacerla suya...

A Lily Parisi unas vacaciones en Milán le parecían ideales. Su mundo se había visto sacudido hasta los cimientos al sorprender a su novio engañándola, sin embargo ahora estaba decidida a seguir adelante con su vida... ¡sola! Pero no por mucho tiempo... En Italia se encontró con alguien a quien conocía, Alessandro de Marco, y sus planes se modificaron un poco...

Hacía tiempo que Alessandro deseaba a Lily, aunque jamás había intentado seducirla. Pero una vez que tuvo a su alcance lo que siempre había anhelado, le resultó imposible mantener el control... Había llegado el momento de correr riesgos... ¡en especial porque la intensa atracción parecía ser mutua!

El sabor de la pasión

Helen Bianchin

Acepte 2 de nuestras mejores novelas de amor GRATIS

¡Y reciba un regalo sorpresa!

Oferta especial de tiempo limitado

Rellene el cupón y envíelo a
Harlequin Reader Service®
3010 Walden Ave.
P.O. Box 1867
Buffalo, N.Y. 14240-1867

¡Sí! Por favor, envíenme 2 novelas de amor de Harlequin (1 Bianca® y 1 Deseo®) gratis, más el regalo sorpresa. Luego remítanme 4 novelas nuevas todos los meses, las cuales recibiré mucho antes de que aparezcan en librerías, y factúrenme al bajo precio de $3,24 cada una, más $0,25 por envío e impuesto de ventas, si corresponde*. Este es el precio total, y es un ahorro de casi el 20% sobre el precio de portada. !Una oferta excelente! Entiendo que el hecho de aceptar estos libros y el regalo no me obliga en forma alguna a la compra de libros adicionales. Y también que puedo devolver cualquier envío y cancelar en cualquier momento. Aún si decido no comprar ningún otro libro de Harlequin, los 2 libros gratis y el regalo sorpresa son míos para siempre.

416 LBN DU7N

Nombre y apellido	(Por favor, letra de molde)

Dirección	Apartamento No.

Ciudad	Estado	Zona postal

Esta oferta se limita a un pedido por hogar y no está disponible para los subscriptores actuales de Deseo® y Bianca®.
*Los términos y precios quedan sujetos a cambios sin aviso previo.
Impuestos de ventas aplican en N.Y.

SPN-03 ©2003 Harlequin Enterprises Limited

Deseo™

Propuesta de conveniencia

RED GARNIER

Bethany Lewis deseaba desesperadamente recuperar la custodia de su hijo y buscó al único hombre que podía ayudarla, un hombre, Landon Gage, que, como ella, también deseaba destruir a su exmarido. Landon tenía una cuenta pendiente y ella sabía que estaría dispuesto a unir fuerzas.

El matrimonio parecía la manera perfecta para hacer la guerra al enemigo común. Y, aunque Landon sabía que su unión era sólo de palabra, estaba impaciente por hacer el amor con su «esposa». Pero cuando los dos consiguieran lo que querían, ¿seguirían queriendo más?

La unión hace la fuerza

Bianca™

¿Se rendirá su jefe al amor?

La guapa, inteligente… y empedernida soltera Emily Wood es la directora de Recursos Humanos más joven que ha habido en la empresa en que trabaja. Tan sólo su cínico jefe, Jason Kingsley, parece inmune a sus encantos…

Jason está acostumbrado a que las mujeres caigan rendidas a sus pies, pero no está interesado en las relaciones a largo plazo. Emily cree en el amor, así que no entiende por qué está empeñado en utilizar su indiscutible poder de seducción con ella…

Inocencia y poder

Kate Hewitt